大番薯的小綠芽

台灣月曆的故事

作者◎鄭宗弦
繪者◎陳維霖

【序】

在地生活的真實情感

鄭宗弦

小時候電視只有老三台，華視、中視、台視，到了大年夜，每家都有春節聯歡晚會，除了明星歌舞表演，還有雜耍和民間遊藝活動，像是相聲表演、數來寶、竹板快書、蘇州彈詞。

我記得有人把整套「拉洋片」的器具帶到攝影棚，說唱著：「往裡頭看啊！往裡頭瞧！裡面的風景真正好。豬八戒、孫悟空，你看神通不神通……」我好奇的問家人：「那是什麼東西？」大家都搖頭，只有阿公說：「那應該是北平人的一種娛樂，就像是現在人看幻燈片。」

「北平人？」

「對岸中國的北平。」阿公說。

於是我開始留心身邊的慶典活動，看看能不能親身體驗。

但我發現廟會活動有歌仔戲、布袋戲、舞龍舞獅、八家將、宋江陣、十二婆姐……等曲藝和陣頭，卻完全找不到電視上那些操著京片子的表演。

從此我對電視節目非常困惑，那裡面宣揚的世界，似乎是一個完全不同的國度。

不只如此，電視上還有好多東西是很陌生而遙遠的，像是萬里長城、青海的草原、紫禁城、長白山、天山、黃河、長江一號……。到了學校上課，那樣的東西越來越多，我學到從廣州到北京該搭什麼鐵路，沿途會經過什麼省份，幾個大城市。我也努力記憶歷朝歷代的軍事政治人物，他們變法、征戰、鬥爭，成王敗寇，興滅不停。我努力的背誦，獲得一次又一次的高分，並且因此步步晉升學歷。

一直到上了大學，不必再為升學而背誦教科書，我才忽然發現自己對生活的這塊土地非常陌生。

台北到高雄的縱貫鐵路，沿途經過哪些縣市？我居然無法明白說出；台灣從北到南的主要大河川依序是哪些？我也答不出來。更誇張的是，同學有人來自鹿草，我竟不知鹿草和新港一樣，是同屬嘉義縣的一個鄉鎮。我家鄉新港四周的鄉鎮，我竟只知道北港和民雄，只因有客運車從北港而來，往嘉義而去，沿路經過民雄，是我們去嘉義玩時必搭乘的路線。

同學們都和我一樣，認識地大物博的中國比瞭解台灣在地還多。我們的日常生活與媒體教育是兩個完全不同的世界，一個人因此被一把利刃切割開來，身體在這裡，心靈被強逼到海峽的另一邊。

一直到我擔任國小教師和少兒文學作家，我不希望孩子重蹈我們的覆轍：不認識家鄉，如同不識身旁餵養我們長大的父母。

我開始思考該教給孩子什麼東西？該寫出什麼樣的作品？才能讓他們瞭解生存的土地，進而感動他們愛鄉愛土，保護生存的地方？

後來，國語日報主編王秀蘭小姐，邀請我以〈大番薯的小綠芽〉為專欄名稱，撰寫一系列台灣文化的少兒散文，在國語日報連載達一年時間。這期間，我將多年來潛心觀察的台灣常民文化、民俗慶典演進與環境生態變化等諸多心得，透過文字一一抒懷。

歲時節慶、四季更迭，台灣人傳承農業先民遺留下來的傳統，在西方現代工商社會中，融合出獨特的生活文化。

台灣文化多元豐富，有些保留傳統，有些加入創新元素成為新樣貌，不論新舊，它們都展現出特有的生活態度與生命關懷，也是發展本土文化創意產業的重要資源。更是將來發展獨特的文創產業，引領世界潮流的良好基礎。

台灣的外型像顆大番薯，它向下紮根，並且伸展綠芽往外蔓延，這些小綠芽是蓬勃發展的文化，這些小綠芽也象徵國家未來的主人翁。

現在這些文章集結成書，名為《大番薯的小綠芽：台灣月曆的故事》。創作至今，我已出版數十本書籍，然而這一本書卻是繼《阿公的紅龜店》之後，第二本的少兒散文集，期間相隔已十二年。

從事少兒文學創作十多年來，不論寫作少年小說、童話、故事、散文，我始終保留初心，為孩子寫在地的故事。而從讀者的回信和熱切的眼神中，我知道自己走在對的路上，並且發揮了影響力，我感到欣慰也十分自豪。

感謝王秀蘭小姐，如果沒有她的邀稿，這些文章不會面世。也感謝聯經出版公司邀請出版，感謝陳維霖先生為它繪上美麗的圖畫，讓文章化身為精美的書本，吸引更多朋友來結緣。

最後，仍是十多年來的那句老話：期盼大家在欣賞文學趣味之餘，能進一步珍惜鄉土，熱愛自己生活的地方。

目錄

【二十四節氣】

夏

【二十四節氣】

冬

【二十四節氣】

驚蟄

【節氣俗諺】

驚蟄鳥仔曝翅。

驚蟄時節，春暖花開，昆蟲出動，使得鳥類紛紛飛上枝頭曬太陽（曝日），並尋覓蟲子來捕食。

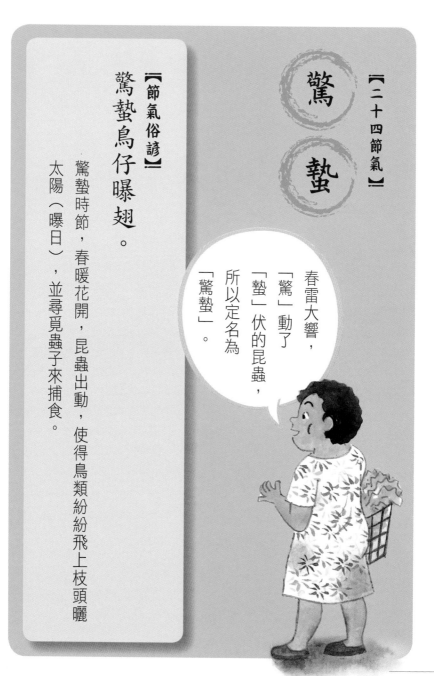

好有味道的「菜市仔」

「轟隆——轟隆——」

大地一聲雷，把冬眠的蟲子都驚醒了，就像我的鬧鐘，聲聲催促：「起床！起床！起來上學了，不可以偷懶。」

過完年，嚴寒的冬天過去了，電視又播出新聞，說美國的小鎮看見土撥鼠從地洞裡探出頭，向世人宣告著：「春天來了。」

探頭之前，那隻土撥鼠先伸出尖尖的鼻子，抽動抽動的嗅著，模樣真可愛。不知道牠聞到什麼春天的氣味呢？

青草澀澀的？露水濕濕的？土壤香香的？是不是還有春陽暖暖的味道呢？

說起味道，全世界最有味道的地方，那就非「菜市仔」莫屬了。

我們家的糕餅店就位在新港菜市場內，小時候媽媽帶我去幫忙顧店時，總能聞到許許多多氣味。

還沒走進去，一旁的南北雜貨店就有氣味蠢蠢欲動，它們是金針、香菇、魷魚、干貝、福菜……，沉潛著酸、香、甘、醇的滋味，必得要清水的滋潤，才願意大方緩緩舒展出來。

往前幾步，一襲透明的香衣撲上人臉，那是幽幽果香拂人。柑橘、柳丁、美濃瓜、蘋果、楊桃，靜靜的在水果攤架上擺出嬌顏，甜笑招呼。

到了市場口，濃濃香氣飄來，那是鼻尖侵入了烘炒肉鬆所拓展出的勢力範圍。醬油的豆麥香、肉絲的豬油香，加上濃縮出的焦炭香，勾誘得人忍不住大口呼吸，咂咂唇舌。如果還有人烘肉乾、烤香腸，更會讓人口水直流，神魂顛倒，義無反顧的向前邁進去。

再往裡頭走，令人瞇眼陶醉的氣息乍然成為過眼雲煙，開眼細看，恍然驚覺，這味道的國度裡，包含著另一個令人驚異的生殺氣息。

賣豬肉的攤子上擺滿剮剁好的紅白肉條、吊垂在半空的暗紅豬肝、以及塞滿肥油的大腸，個個都漫溢出生猛的油腥味。

魚攤貢獻出的味道也不容小覷。遠洋魚的鹹水味、淡水魚的土味、鹹魚的腥臊，還有魚老闆的銀晃晃刀口往白亮亮的魚肚一劃，應聲迸出的暗紅內臟，那濃烈的血腥都教人瞪大眼睛，乾嚥一口。

最讓人躑躅不前的是殺雞的攤位。地上的雞屎臭味熏人，那些落難的雞隻們還得遭受滾湯澆淋，然後送入鋼圈滿布的滾筒裡，滾得七葷八素，讓人扒到一毛不剩，全身精光。真使人想起遊樂場裡最可怕的整人設施，總滾出一堆漲臉嘔吐的孩子。

如果你是老饕，你會聯想薑絲、酸菜和大火，將這些生腥味幻化成漲滿口腔的膏腴鮮甜。可惜我不是，我只得捏鼻子，低下頭，害怕的走過。

總算蔬菜攤沒有刀光劍影，沒有血腥畫面，紅的是胡蘿蔔、綠的是菠菜、黃的是花椰、紫的是茄子，一片平靜祥和的如來天堂。雖然個個聞起

來沒啥氣味，但這兒買茄子送九層塔，買豆芽送韭菜，多買幾樣還送蔥、送辣椒，卻是最有人情味。

但想起剛才媽媽買了排骨，老闆送她一小塊豬肝；買蛤蜊，老闆娘送她一小包薑絲；買虱目魚，還叮囑說煎魚腸子是人間美味；還有賣雞的大嬸知道我愛吃烏骨雞，特地為我預留——這時我才知道自己太傻，錯怪了一堆好人。

跟媽媽去買菜，很容易不耐煩，因為媽媽總是一路跟人談天，駐足良久。

「我女兒讀國三了，畢業後叫她去學剪頭髮，贏過我在這裡賣菜……，豬肚要好吃，一定要燉到爛，不然咬起來很韌，像在嚼橡皮筋……」

「他們的大女兒嫁人了，喜餅是到我們家做的……，那一家做的洋裝，我穿不慣，袖口太緊，領子太低……」

聽他們講話，好像沒有什麼特別的重點，害我一直看著那些可憐的雞，有點怕，又好無聊。

有一回，南北雜貨店的頭家，拿出我平日最喜歡吃的梅餅送我吃，我卻因為嘴巴破皮多日，刺痛無比而搖頭婉拒。

他叫我張開口給他看，然後二話不說，拆了一包鹽，捏起一撮，逕自往傷口塞擠。剎那間，滿嘴的苦鹹和刀割般的疼痛，讓我嚎啕大哭。

「忍耐一下，明天就好了，真的。」他鄭重其事的說。

果然到了隔天，傷口就癒合了。

有一次感冒久咳不癒，賣蜜餞的阿姨看我咳得心臟都快掉出來了，心疼的說：「好可憐喔！來，來，來，吃這個最有效。」

她塞了顆金棗糖進我嘴裡。我很快就止咳了，但是滿嘴的酸、麻、嗆，叫我頭皮發麻。

又有一次，媽媽跟人說我常無故流鼻血，賣蝦子的阿桑突然剝了溪蝦的殼，塞進我嘴巴說：「這能治鼻血。」

那股生甜味讓我噁心欲嘔，濕了眼眶。

這些怪味都讓小時候的我十分害怕，直嚷著要趕快回家。

如今家裡已經沒有從事糕餅業了，原本的店面已退租，讓給別人。而自己去逛「菜市仔」時，往事歷歷如在眼前，每每使我莞爾竊笑。

「老闆，這怎麼賣？」我拿起一顆大芋頭發問。

老闆接過去掂掂斤兩，認真的說：「你選這一顆不好吃，芋頭要輕，煮起來才會鬆鬆綿綿。你要煮甜的，還是鹹的？」

「鹹的。」

「這一顆好吃。」老闆幫我挑了另外一顆。「來，我送你兩瓣紅蔥頭，炸香了煮在一起，加一點蝦米，煮成米粉湯，哎喲！你不知道那有多好吃啊！」

「謝謝你。」我東看西瞧，想想還有沒有什麼要買的。「老闆，最近生意好嗎？」

「唉！花花的（馬馬虎虎，還過得去的意思）啦！剛過完年不久，大人分完紅包，普遍都缺錢，連帶買菜錢也都省多了，我說啊……」

看看我，逛著菜市場，竟也跟媽媽一樣徘徊流連，依依不捨。只因為那裡面——

實在太有味道了。

【二十四節氣】

春分

春季過了一半，此時陽光直射赤道上方、地球上南北半球受光均等，因此晝夜平分，稱為「春分」。

【節氣俗諺】

春分前好布田，春分後好種豆。

春分前布田（插秧），春分後種豆。這是台灣北部的農業活動，南部則比較早。

大番薯的小綠芽

在物資不充裕的年代，婆婆媽媽們想給孩子們吃個點心，最經濟實惠的方式，就是自己動手做些番薯料理了。

番薯切片裹麵糊去油炸，番薯切條與糖水蜜煉，番薯跟綠豆湯煮在一起，這些點心吃起來香香甜甜，一點都不輸糖果餅乾，而且非常便宜。白米不夠吃的時候，番薯還能跟白米煮成稀飯，或跟米飯一起炊煮成主食，增加風味又節省金錢。

因此家家戶戶的灶腳一角，總有堆番薯靜靜候著，好隨時粉墨登場。

記得外婆的灶腳就存放很多自家種的番薯。

外婆家在民雄鄉的小村子裡，四邊都是稻田，小時候媽媽常帶我搭公車，回去看望外婆。每到煮飯時刻，外婆空手走出門到屋外繞一圈，就有一大堆番薯葉可以加菜，讓人感到好神奇。而飯桌上，也餐餐都能見到番薯的蹤跡。

在孩子們的心中，番薯的角色跟大人的看法有點不同，它不但好吃，而且還好好玩。

外婆家的稻田收割完，未犁田之前，表哥表姊總會有人提議來「焢番薯」，聽到的人無不讚聲相挺，歡欣響應。

首先要挖土造窯。

此時的田地已經乾燥硬化，必須用鋤頭挖出土塊，在地上排成一個圓形，然後堆疊，慢慢往上收攏，最後搭成一個圓塔狀的窯。

接著在窯內燃燒撿來的樹枝和木頭，用竹管往裡頭吹氣，把火燒得很旺。有人回去灶腳拿來番薯，為了避免表皮燒焦，特地用報紙包起來，泡水沾濕。

看著木頭冒出水泡和白煙，聞著燻人的煙味，都叫人好興奮。

等土塊燒紅之後，大家趕緊把木頭和灰燼抽出來，丟進番薯。然後奮力將土塊打碎，覆上一旁的

泥土，掩蓋得密不透氣，好利用高溫將番薯燜熟。

這時每個人都忙得灰頭土臉，你看我，我看你，哈哈大笑。

接下來的等待時刻，也就是快樂的遊戲時間。我們一群孩子會玩踢銅管仔（空鐵罐）、兩根柱子、打棒球，跑跑跳跳，又追又逃，幾乎忘了番薯的存在。

兩個多小時後，玩累了，肚子餓了，正好挖出燜好的番薯來吃。

大家都顧不得清洗了，直接就著燙手的番薯，扒開來。那又香又軟，騰著白煙的番薯，混雜著焦香和泥土的氣味，吃起來軟嫩滑口，滿嘴生香。雖然是餐餐都吃到的普通食品，平凡無奇，但對於餓得大腸告小腸的大地孩子來說，最是人間美味了。

「噗——」

「噗——」
緊接著而來的是此起彼落的放屁聲，大家又互相取笑玩樂。
有一回收拾好，回程的路上，大家紛紛猜測晚餐有什麼好吃的。
「我想吃乾煎白帶魚。」
「我猜有菜脯蛋。」
「最好有香腸和焢肉。」
大家邊說邊流口水。
我說：「番薯飯加炒番薯葉。」
「喔！不要，不要。」眾人大聲抗議。「很煩耶你！」
原來這群番薯養大的孩子，也有怕它的時候啊！
那些灶腳牆角的番薯，有些放久了，會冒出小小的嫩芽，並挺出紅紅的嫩莖。我說：「糟糕了，番薯壞掉了。」

外婆笑說：「番薯不會壞，這些拿去田裡種，很快就生出新的葉子，四處湠開（蔓延擴散的意思），一代又一代，長出更多新的番薯。」

媽媽聽見了，說：「有句俗話說：『番薯不怕落土爛，只求枝葉代代湠。』可見番薯的生命力很強，就像我們台灣人，肯吃苦，肯打拚，到世界各地，都能生存下去，而且一代傳一代。」

聽到這些，我說：「我們老師上課有說過：『台灣的形狀就像一個大番薯。』所以說，我們這些吃番薯長大的孩子，就是這一點一點冒出的小綠芽。」

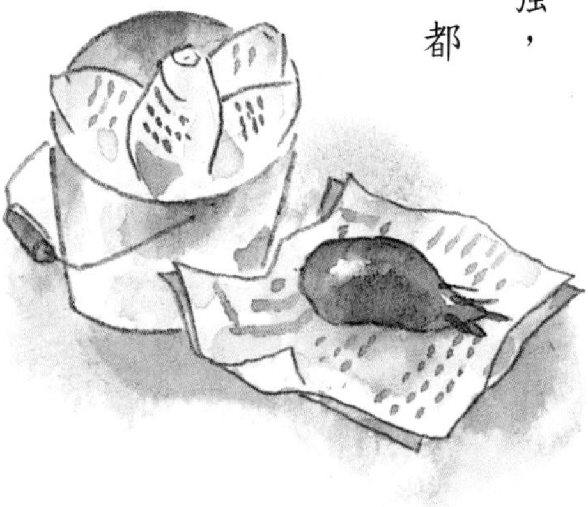

「說得好。」媽媽說。

「真聰明。」外婆說。

他們的誇獎，讓我好開心。

【二十四節氣】

清明

春天時天氣逐漸和暖，草木萌芽，大地一片氣清景明的狀態，因此稱為「清明」。

【節氣俗諺】

清明風若從南起，預報田禾大有收。

清明日如果吹南風，預估今年會是大豐年，如果吹北風，則農作物會歉收。

掃墓的心情

農曆三月初三，台灣民間又稱三月節。這一天和清明節一樣，都有很多人去掃墓。

這時「菜市仔」裡頭就可看見好多人在做潤餅皮。

他們從盆子裡撈起一團白白的麵糊，纏在手上甩圈圈，然後在炙熱的方鐵盤上抹個圓，一張潤餅皮就會乾熟。輕輕一剝，潤餅皮就脫身，然後集中疊在一起，稱斤論兩的出賣。

那纏在手上的白麵糊又濕又軟，隨時要流垂下來，但做潤餅皮的人好厲害，總能把玩在掌中而不掉落。如果在鐵盤上抹得不均勻，還能像抽甩濕毛巾似的，在需要補足的地方，快速讓麵糊去「舔一下」、「舔一下」。那模樣彷佛變色龍彈出濕黏的舌頭去捕蟲子，又像馬戲團裡的高手在表演獨門特技，真是好有趣的奇觀。

潤餅的餡料大約有：豆芽菜、高麗菜、韭黃、芹菜、筍絲、紅蘿蔔、蛋皮、豆干、豬肉，一律切絲炒熟。媽媽將每種食材各自盛盤，讓想吃的人自由挑選，再撒上花生糖粉，自己用潤餅皮包捲起來。一卷潤餅捲，裡頭有青菜、有澱粉、有蛋白質，營養均衡，吃起來香甜爽脆，大家都吃得津津有味。

由於台灣人承襲了先民慎終追遠的傳統精神，對於祭祀過世的親人非常看重，因此這時節可說是家裡糕餅店最忙碌的時候。

按照一年十二個月的計法，紅龜粿、紅圓仔和發粿這些掃墓必備的供品，每戶人家都需要準備十二個；如果遇上有閏月的年份，還得準備到十三個，需求量很大。只見師傅們手忙腳亂，不停的揉鳳片龜，炊紅麵龜，整箱的雞蛋也很快見底，統統變成大灶裡面白拋拋、幼綿綿的雞蛋糕發粿。

可是自家掃墓更是大事，絲毫不能耽擱的。所以清明這天，阿公和阿嬤留在店裡忙著照顧生意，掃墓的事就由爸爸和伯父帶著我們一群孩子來進行。

準備好供品、鐮刀、斗笠、線香、紙錢和墓紙，一群人浩浩蕩蕩往祖墓所在的東頭墓仔埔出發。寒冬剛過，春陽暖暖爬上天，孩子們走出戶外活動筋骨，沿途嘻哈玩鬧，好不快樂。

到了墓仔埔，放眼望去盡是一片擁擠雜亂的土墳。大人開始東張西望，搜索記憶來找祖墳，我們跟在後頭，跨過小溝，繞過雜林，不斷踩過別人

家的墳地，跨過別人家的墓埕，才能找到目的地。

確認了墓碑上曾祖母的名姓之後，先向祖先行禮告知，然後檢查墳地與墓碑有無損傷。爸爸說如果墳地因地震或老舊失修而產生裂痕，導致雨水蓄積在棺木內，造成蔭屍，那會很不吉利，一定要找「土公仔」來好好處理。

確認墳墓完整之後，接下來便開始除草。

往往一年沒來，野草叢生，長得比人還高，墳頭還會長出許多小樹，盤根錯節深入土墳。二伯說土墳裡若是鑽進樹根，會害裡面的先祖感到不舒服，並且感應到後世子孫身上而發生災噩，因此都得一一拔除。

除草完畢後，把墓紙壓在小石下，七行七列的整齊排列在墳面上，整理的工作才算大功告成。

接下來點燃香把，先拜墓前右方的后土，感謝土地公一年來協助保護墓園。最後再轉向，一齊向祖墳敬拜，請祖先享用供品，並祈願祂庇佑家人平安健康，事業順利。

焚燒紙錢時，墓仔埔處處騰起白煙，空氣中瀰漫著濃厚的煙燻味，火光映著日光，人人瞇起眼睛，臉頰通紅。

掃墓結束後，大家汗流浹背，連忙收拾器具到附近的柑仔店買冰棒吃。在大熱天裡舔著甜甜涼涼的冰棒，一路談笑回家，彷彿郊遊踏青歸來，身心舒暢極了。

有一年正值曾祖母百歲冥誕，阿公百忙中也來掃墓，祭拜時卻對著曾祖母的墳潸然淚下，久久不能自已。這是我第一次看到阿公哭泣，而從未見過曾祖母的我感到好驚訝，掃墓不是休閒活動嗎？阿公怎麼會哭呢？

問了爸爸才知道，原來阿公小時候家境清寒，父親早逝，而眼盲的母親處處受人欺凌，含辛茹苦才把阿公和叔公帶大。因此只要一想到曾祖母，阿公就會很傷心。

多年後，鄉里在西郊營造了一座新公墓，設置有納骨塔和土葬區。納骨塔屋頂覆蓋黃色琉璃瓦，看起來雄偉壯觀；土葬區分隔整齊，井然有序；而一旁的后土，是一座高十多公尺的大型土地公塑像。整體看起來，具有設計感，宏偉又清潔。

升上中學後，阿公過世了，到了大學時，父親也意外往生，陸續都到此入土安葬。在那之後，掃墓時的心情已經跟兒時截然不同。

熟悉的親人變成了黃土和墓碑，我前往墓園看似與他們相聚，但其實陰陽兩隔，只是平添失落和懷念，心中還會沁出酸澀的離愁和荒涼的寂寥。

我漸漸能體會阿公當年流淚的心情了。

後來家族興建宗祠，家人陸續將曾祖母、阿公和爸爸進行「撿金」，請「土公仔」將他們的枯骨裝進金斗甕內，然後請進宗祠中，按階梯高低，左大右小的順序，安座完成。

還記得宗祠落成祭祀時，我分發到一張圖表，看了之後，受到極度震撼。那是一張座位表，將家族中每一位成員，包括在世者，都事先安排好將來的位置了，甚至還有未來尚未出世的後代子孫，也畫有空圈圈，占有一席之地。

看見自己的名字編列其中，我突然驚覺原來自己和死亡如此接近，而現實世界這一切的所有——曾經擁有的、現在熱衷的和未來所嚮往追逐的，彷彿都無關緊要了。

後來年紀又長，往年一同來掃墓的長輩也陸續沒入土中，讓人感嘆，人生苦短，世事無常，紛紛擾擾過了，身後留下的能有什麼呢？

生命的意義，只是在創造宇宙繼起之生命嗎？生活的目的，單單在增進人類全體之生活嗎？一切果真都以人為本嗎？在宇宙歷史的洪流，和千萬類物種中，人類的生滅又占有什麼樣的定位呢？

望著新生代也加入掃墓的行列，我不禁惕勵自己，要珍惜跟親人相處的時光，並且奉獻所能來造福社會，才不枉人間走這一遭啊！

一年容易又清明，如今掃墓的心情，早已不是一句「慎終追遠」所能道盡的了。

【二十四節氣】

穀雨

農民插秧之後，水稻處於幼穗期，需要水來滋潤，正好此時雨量充沛，所以稱為「穀雨」。

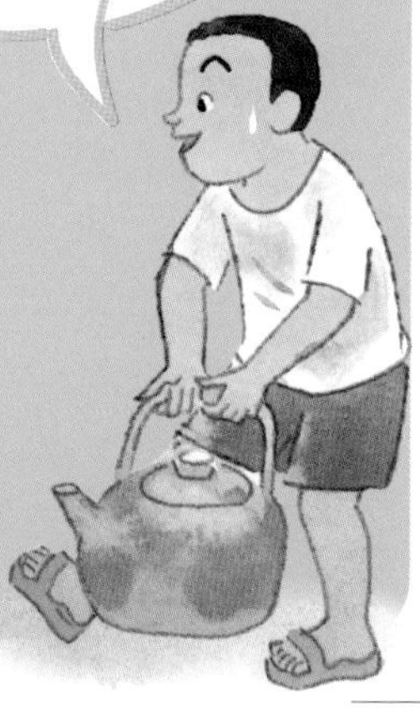

【節氣俗諺】

穀雨前三日無茶挽，穀雨後三日挽不及。

春茶在穀雨前後開始摘採，必須把握時機，太晚則嫩芽變老，茶質不佳。一天到晚採茶、烘茶，此時茶農最為忙碌。

大甲媽祖到我家

俗語說：「三月瘋媽祖。」因為三月二十三日是媽祖的生日，全省各地的媽祖廟紛紛在壽誕前舉辦進香及慶典活動。這其中又以「大甲媽祖到新港進香」最具特色，因為它參與的人數最多，規模最大，並且維持了百餘年來徒步進香的方式，表達出信徒虔敬之心。

小時候，大甲媽祖是到北港進香。我家就在新港鄉西邊通往北港的大馬路上，以前大甲媽祖在北港進香完畢之後，東向遶經新港，停留一夜之後就會往北歸去。

當他們在北港一起駕，新港「奉天宮」便四處廣播。

不到一刻鐘，整條街上便排滿了一家一家的香案，和裝滿茶水的大茶壺、茶杯，大家都來到「亭仔腳」，望向西邊，引領企盼。

等進香隊伍前導的「報馬仔」一踏入新港，便響起震耳欲聾的鞭炮聲，鄉人手持香把，跪地膜拜，熊熊爐火把人的雙頰映得紅通通的。

媽祖鑾駕經過時，許多人會奔到馬路中央「鑽轎腳」，以得到媽祖神力保佑。尾隨在神轎後面的進香客，一路上累了、渴了，便取用路旁的茶水來喝，本地人和外地人彼此微笑、點頭，攀談起來。

我聽阿嬤回憶說：「那時候你還沒出生，香客大樓還沒蓋，香客們住的地方不夠，就住到一般人的家裡去，我們家就曾招待過不少人住過。他們回大甲後，有時候也會再來玩，為了感謝我們的熱情款待，還送我們獎牌呢！」

原來家裡兩座用玻璃框罩住的獎牌是這樣來的，一個上面寫著「熱心公益」，另一塊是「友誼永誌」。牌子底座四周還裝飾有小玩意兒：「熱心公益」的是一個小動物園，有玻璃吹拉出的長頸鹿、小白兔和天鵝，全圍在一道蕾絲花邊黏貼成的柵欄後面；「友誼永誌」的四周是彩色厚紙黏成的亭臺樓閣，十分小巧雅致。

幾家陌生人由於媽祖而結緣，兩個小小的玻璃框因為隱含了溫厚的情誼，變得極具紀念價值。

民國七十七年開始，大甲媽祖改到新港「奉天宮」進香。新港是目的地，不再是路旁風景，鄉人的招待自然更為殷勤了。

為了招待進香客三餐，「奉天宮」在每條大街上都搭起帳篷，設置食堂，免費供應米粉、油飯和粥，香客自取自用，吃到飽為止。

住的方面，除了香客大樓、廟中廂房之外，幾所中小學還停課兩天，提供教室、體育館給香客休息、睡覺。

來客們都誇讚新港人待客熱誠，希望以後年年都來新港進香。

原來平靜純樸的鄉鎮，一夕之間湧入十萬人，加上來自各地的上百個攤販，將整條新港街變化成一個超大型的市集。入夜之後發電機「隆

隆——」的馬達聲，商賈叫賣聲，加上客人討價還價聲，在千百顆炙紅的燈泡催化下，都一一沸騰起來。

隔天一早，祝壽大典時，十萬人一同跪在媽祖廟四周，祝賀媽祖生日快樂。黑壓壓的一片人海在司儀的指令之下，動作整齊劃一向聖母拜壽，莊嚴肅穆的氣氛，教人感染到宗教力量的偉大。

廟前廣場上香客的紙錢堆成了一座大山，得要推土機剷入卡車，載到郊外燒化。只見車子來來去去，久久清理不完。

晚上十一點回駕典禮開始，廟內鐘鼓齊鳴，花車上的樂聲配上鑼鼓聲震天價響，一堆又一堆的鞭炮和煙火，自點燃的一刻起就不曾停歇，因為後面不時有補給車輛隨時卸貨增添，整個新港再度燃燒和爆裂。

回駕的隊伍中，最教人想多看一眼的是「彌勒福德團」陣頭的演出。

一個個彌勒古佛、彌勒祖師、彌勒羅漢以及土地公等大仙偭仔，扮相逗趣。三位彌勒各持酒瓶，踩著醉步，踽踽而行，當遇上炮林爆雨時，就激動得聚在一塊兒，互碰葫蘆酒瓶，仰身飲盡，逗得路人噴飯不已。土地公更厲害了，強忍著往身上亂竄的炮火，仍堅守崗位，彎著腰，拄著杖，一步又一步，拖著蹣跚的步代前進，讓人不得不佩服他鎮定的功力。

突然一陣強光射來，讓人睜不開眼睛，原來是強力探照燈投射在鑾駕前後。民眾見神轎駕臨，紛紛下跪拜別。

「咻——咻——」

長空中兩聲巨響引人抬頭，看到殘影將逝的火樹銀花，這是附近「古民國小」放射的高空煙火。

隨著轟聲而起的是五顏六色和銀白金黃的各色火光，有些是規律地向外放射，像把高張的火傘；有的往下拉垂，像夕照下偌大的金色椰子樹；更有子母彈的煙火，初炸裂時看不見蹤影，一霎時又現出各色亮光，向四面八方胡亂飛竄，把漆黑的夜空妝點得光彩浪漫。

隊伍後面緊緊跟隨著一百多位環保義工，穿著印有「環保若做好，媽祖會呵咾」字樣的衣服，握著竹掃帚，提著垃圾袋，將大街上已堆積盈尺的炮灰，以迅雷不及掩耳的速度清掃乾淨。

回頭往人去街空的方向望去，除了嗅到遺留空際的火藥味，竟看不出一刻鐘前人馬雜遝的痕跡。

有一回，我目送大甲媽祖離去時已是凌晨兩點多，沿途的新港人仍然眾多，大家依依不捨的和大甲香客互相揮別道珍重，那場面讓人好感動。

我不禁讚嘆，一位幾百年前的海上女神，能有那麼大的福報，讓千百

萬人對她景仰崇拜，當初她修道和救助漁人時，自己大概也想像不到吧！可見善行的影響力不僅無遠弗屆，還能流芳百世。

而香客們大多是殘弱的老婦人，她們竟也能忍受筋骨痠痛，駝著背，亦步亦趨地跟隨神轎，徒步跋涉一百多公里到達目的地。目睹這樣感人的場面，若聽人說宗教的力量能起死回生，我都願意相信了。

而在冷漠的現代社會中，人與人之間的距離可以因為宗教而拉近，進而建立純粹的友誼，真給我上了最寶貴的一課。

歡喜辦桌吃拜拜

小時候，好期待媽祖生日全鄉辦桌請客，俗稱「吃拜拜」。那一天家中裡裡外外會擺上十個大圓桌，由爸爸的好友總鋪師阿生師為我們掌廚。阿公早在一週前就天天笑得合不攏嘴，因為我家是一家糕餅店兼食品行，舉凡外燴辦桌所需用到的乾貨、罐頭、食材、調味料等「庖頭料」，應有盡有。阿公與眾多總鋪師交好，也都有生意往來，因此一場「媽祖生」下來，「庖頭料」一箱箱送出去，荷包賺滿滿。

既然「庖頭料」是自家的，當然不許小氣，因此昂貴的罐頭如：鮑魚、螺螺、鵪鶉蛋、蟹肉、水蜜桃，是少不了的。展現待客誠意的魚翅、烏魚子、干貝、花菇和魷魚，更得大方奉獻出最高等級。

大約中午，阿生師的貨車會把桌椅、餐具、爐灶、肉類、海鮮、蔬果和庖頭料一齊送達。只見他在屋簷下一站定，開始指東劃西，分配工作，像個發號施令的大將軍；而每個廚工仔細聆聽，一個口令一個動作，絲毫不敢怠慢，宛如一支訓練有素的軍隊。

當廚工們開始揮汗洗菜、切肉、醃漬、泡發、裹粉時，阿生師會捧著一鍋蛋黃和沙拉油，慢條斯理的走到糕餅工場。

他用我們製作蛋糕用的大型打蛋器，快速攪打蛋黃，並依序加入糖、鹽、半桶沙拉油。蛋黃乳化後漸漸膨脹，冒出鮮美的氣味，不久，阿生師加入一大杯白醋，鍋內頓時由黃轉成乳白，一股酸味直衝腦門，這冷盤所用的沙拉醬就大功告成了。

這時，在一旁欣賞這神奇變化的我會歡快起來，興奮的到處亂跑，像林子裡的快樂飛鳥。緊接著瓦斯爐轟轟作響，火舌張狂，蒸籠騰著白煙，油鍋炸得吱吱啪啪，都把我的心鼓譟得更加激動，簡直就要煙花四射了。

傍晚時分，遠方的親友受邀前來，上桌嗑瓜子，寒暄說笑，熱鬧無比。幾乎每個大人都要問問孩子幾歲了，功課好不好；大人間也討論田間農作生長，生意興隆與否，還互相交換發財的資訊；還有誰家準備相親了，誰家有人還沒嫁娶，誰家寶寶打了疫苗沒有，都是眾人關注的話題。直到開桌時刻，大家專心品嚐美食，才稍稍平靜下來。

第一道往往是四色冷盤，有魚卵沙拉、涼拌蠑螺、酒香烏魚子和糖醋海蜇皮。我夾起魚卵沾沙拉送進嘴巴，立刻被濃郁的卵香征服，香甜滑潤中還帶有魚

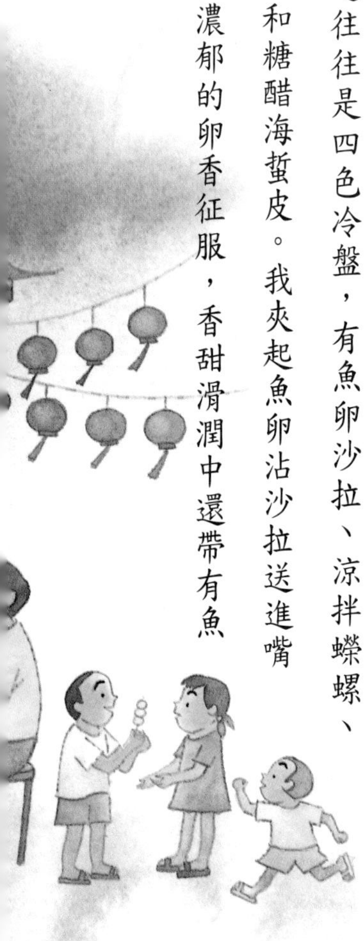

卵的沙沙口感，真是美妙極了。海蜇皮咬來脆而帶勁，烏魚子和蠑螺也非常鮮美，但這些都抵擋不了哥哥對第二道菜魚翅羹的熱切期盼。

魚翅羹是台菜流水席的重頭戲，可以看出總鋪師的能耐，也可說是總鋪師的招牌菜，因此即使阿生師是老經驗了，仍然絲毫不敢輕忽。那裡面有脆脆的魚翅，厚實馥香的花菇、瘦肉攪打的肉羹、香甜的麻竹筍、海味十足的蝦米，加上黑醋、香油、香菜調味，令人食指大動。

羹湯大盤一上桌，哥哥必然不顧燙嘴，稀里呼嚕吸嚼起來。爸爸最愛特殊風味的魷魚螺肉蒜，阿公最愛紅蟳米糕，我沒有特別偏愛什麼美食，但總是殷殷期盼貢丸湯上場，我好用筷子串起一串，拿著當玩具到處炫耀。

中場之後大人喝酒划拳，漲紅臉噴酒氣，高聲爭贏，罰酒逗樂。小孩離桌玩遊戲，捉迷藏，打紙牌，玩大富翁，雙雙進入另一波高潮。婆婆媽媽們也開始忙碌，整理殘羹剩菜，分裝成菜尾，用塑膠袋包好，一一分送親友。臨別時，大家不是互道珍重，而是互相承諾，下一次換誰家請吃拜拜了，何時又換誰家作東請客了，一定前去捧場云云。

那時台灣經濟起飛，各地的信仰中心到了神明生時，都有「吃拜拜」活動。同學家旁有玄天上帝廟，因此「上帝公生」請吃拜拜；外婆家在「芒果公生」時請吃拜拜；舅公家在「王爺公生」時請吃拜拜，大家輪流請客，交流聯誼，也成了一種相互聯繫感情的普遍方式。

還記得中學時，就讀鄉外以英文教學聞名的私立協同中學，每天跟一群同鄉同學搭校車，通勤上下學。學校裡有好幾位美國籍的英文老師，對台灣文化很有興趣，於是在媽祖生那天，同學們一同去邀請老師們來「吃拜拜」。一群美國人在台灣老師的引領下，一家一家的「跑攤」吃過去，被奉為上賓，在當時鄉下引為奇觀。

這些美國老師每到一家，就請那家同學過來，問他一些英文對話。

「How many people are there in your family?」（你的家裡有幾個人？）

「How old are you?」（你今年幾歲？）

「How tall are you?」（你的身高有多高？）

「What is your favorite fruit?」（你最喜歡吃什麼水果？）

那些對話都是平常在學校練習得滾瓜爛熟的東西，同學們自然對答如流，只見親朋好友們在一旁驚喜詫異的對主人家說：「想不到你的孩子去讀沒多久，就能跟美國人講英文了，真是厲害啊！」

一旁的父母真是受寵若驚，面子十足，而我們的美國老師們互相使眼色，微微笑，因為已經幫學校做了最好的宣傳，真是皆大歡喜。

但後來國民所得年年增加，人人經濟優渥，加上速食西餐炸雞攻進市場，人們每天大魚大肉，體重增加，贅肉纏身，慢性疾病紛紛報到，大家對於辦桌的美食也感到煩膩了。「吃拜拜」時親友漸漸不來，剩下一堆菜尾沒人想要，變成真正的廚餘，非常浪費，直到桌數年年減少，最後乾脆都不辦了。

看看現在的人多用手機、網路等電子媒體與親友聯繫，對話機會增加，但見面時間大幅減少。即使難得聚餐時，仍有人低頭玩臉書，傳Line，打電動，彼此眼神沒有接觸，言語少有交集。相較之下，以前的「吃拜拜」，親朋好友歡聚一堂，彼此寒暄問候，相互關懷，充滿溫暖的人情味，令人無限懷念。

【二十四節氣】

立夏

【節氣俗諺】

立夏，補老父。

立夏日要為年老的父親進補，但這時天氣炎熱，不可吃麻油雞酒那種熱補，而是要涼補，吃薏仁、韭菜、山藥、桑椹，喝青草茶。

媽媽的平安符

由於工作的關係，我定居台中教書，而在家鄉的媽媽，不想離開熟悉的老家，樂於守著老店跟主顧們閒話家常，因此住在嘉義新港，母子倆天天電話問安。

說是向媽媽問安，但其實打電話給媽媽時，倒是她對我叮嚀更多。

「天氣冷了，睡覺起床記得要披一件外套。」

「睡覺時把外套跟身體一起蓋在棉被裡，早上起床時外套也是暖呼呼的，更好了。」

「記得每天一早喝杯溫開水，身體會很好。」

「騎車要小心，不要騎太快喔！」

「出門記得鎖門，財不露白，也不要隨便借錢給人啊！」

這些都是媽媽重複了千百遍的關懷。

有一年過年，媽媽送我一個平安符，說是她去媽祖廟拜拜求回來的。那個平安符金黃色，摺成八角形，裝在一個透明塑膠套裡，前面裝飾一張媽祖的小相片。它看起來並不特別，但是媽媽把它交給我的時候，眼神藏不住欣喜，宛如送出珍寶。

然後，她一一的把辛苦探詢到的「天機」洩漏給我。

「媽祖婆說，你今年有車關，叫你騎車的時候要小心一點，免得跟人擦撞。」

「媽祖婆說，你今年教到的學生有幾個很不乖的，叫你要有耐心。」

「還有，你不是有參加文學比賽，媽祖婆說得獎的機率不大，要你不要期待太高，免得失望難過。」

媽媽鄭重其事叮囑著「神明的回答」，而那些答案的問題，有些是她自己提的，有些是她猜測我所在意的事情。說是「神明的回答」，但其實是廟公在媽媽一再詢問下，依照抽到的籤詩所演繹出來的解釋。

準嗎？

呵！一年過去，我出入平安，學生異常乖巧，而我得失心最重的文學比賽，竟然得到首獎，喜出望外。看來，所謂「神明的回答」並不精準啊！

隔一年，媽媽又拿一個平安符給我。

我說：「哎喲！算了，別迷信了，勞民傷財，又不準。」

「不行，你戴著，戴著。」媽媽硬是把平安符上的紅線圈往我頭上套。

「你出門在外，我會擔心。」

我平日身上不喜穿戴飾物，對這特殊的項鍊更覺排斥了。我把它拿起來，塞進包包中說：「這樣可以了吧！」

「好啦！但是記得出門的時候，包包要帶著啊！」媽媽勉強接受，但難掩失望。

有一天我在電視上，聽見證嚴法師說了一段話：「很多父母常常擔憂小孩，在外是不是平安？是不是吃飽穿暖？有沒有交到壞朋友？常常把擔憂掛在嘴巴，嘮嘮叨叨，造成親子關係受到影響。希望天下的父母，用祝福孩子來代替擔憂孩子，這樣才能給彼此正向的力量。」

我這才恍然大悟，以媽媽容易操煩的個性，對於遠在一百公里之外工作生活的我，必然有許多的擔憂。

還記得過年前要去銀行領錢來發紅包，媽媽跟到門口，不停的說：「錢要收好，不要露出來給別人看到，小心被人扒走了。拿到錢的時候要仔細檢查錢的數量，小心收到偽鈔。記得不要亂操作自動提款機，免得被詐騙集團騙了，還有千萬不要亂借人家錢，免得拿不回來啊！」

她念念叨叨，滿臉的焦慮，彷彿當我是小學生一般。

我曾反省，是否自己平日行事魯莽，思慮欠周，才讓媽媽對我缺乏信心？可是看她對姊姊也是如此，又覺得問題應該不在我身上。

有一次我寫作遇到瓶頸，塗塗改改，總不如意，不禁對媽媽發牢騷，說：「唉！好累喔！寫作真辛苦。」

媽媽臉一拉，一本正經的說：「不要寫了，不要寫了，你有老師的工作就好了，不需要寫作，小心用腦過度，神經衰弱，最後變成神經錯亂。」

「文章是百年大事，寫作是我最大的興趣，要我放棄，怎麼可能？」

那時起，這又成了她的主題曲：「不要寫了，傷眼傷肝，又傷腦筋，千萬不要寫到發瘋，那就慘了……」

我才發現，在媽媽面前我不該表現軟弱，不該埋怨牢騷，因為那只會加深她的煩惱，使她惴惴不安。

媽媽那副模樣，使我聯想起外婆。

記得小時候跟媽媽去鄉下外婆家，回來時，外婆一定送到門口，開始叮嚀媽媽：「婆婆念你什麼，你都應好就是了，不要回嘴啊！小孩子坐車的時候，一定要拿手帕給他遮住鼻子，不然要感冒的。孩子要顧好，大榕樹下面很陰，不要讓他們去那裡玩。公園也不要靠近，以前都是亂葬崗，妖魔鬼怪很多。記得，如果孩子晚上睡覺作夢亂哭，一定要去給先生娘搖

鈴收驚……」

媽媽一路應好，外婆仍然說個不停。我和媽媽越走越遠，她怕媽媽聽不見，越喊越大聲。媽媽頻頻回頭揮手，要她進屋去，外婆也揮手，示意媽媽走路看前面，小心車子，並且繼續高聲叮囑。但我們已經漸漸聽不清楚了，一直到走了近百公尺，縮成小黑點的外婆才會心甘情願的消失。

我進而再想，媽媽習慣性的憂慮並非憑空而來，她很可能是受了外婆耳濡目染的影響。

我曾聽媽媽說過，外婆因為連生了五個女孩，膝下無兒，受到外公家人很大的壓力。後來外公英年早逝，外婆獨自扶養五個女兒，生活重擔壓得她喘不過氣，常常以淚洗臉。由於害怕再失去親人，外婆問神問得更勤了，舉凡有人感冒、肚子痛、手腳扭傷，她都戚戚惶惶到處求神拜佛。

記得小時候到外婆家，牆壁上貼有好多的平安符，不時還要接受她的禮物——喝下三口，對了燒化符紙的陰陽水。而外婆總是大驚小怪，我在田野奔跑後，嘴角有青色、額頭冒汗，甚至只是鞋底沾濕泥，她都慌慌張張帶我去給人搖鈴收驚……

思索了證嚴法師的話後，我做了改變。

每次返回老家，我都把平安符掛在脖子上。過年之前，我會故意向媽媽提出許多問題，請她一一記下，幫我去問媽祖婆。

然後，她會「使命必達」，詳細回報「媽祖的解答」，眼裡盡是滿足與光彩。

「好，好。」我總是猛點頭說。「喔！有準喔！有準。」

而如今，家裡已有十多個平安符，每一個都映著媽媽的微笑。

【二十四節氣】

小滿

【節氣俗諺】

小滿雨水也相趕。

中南部的水稻已進入了黃熟期，田水不能太高，由於適逢梅雨季，因此農友最好能疏通排水溝渠，以免淹水帶來損失。

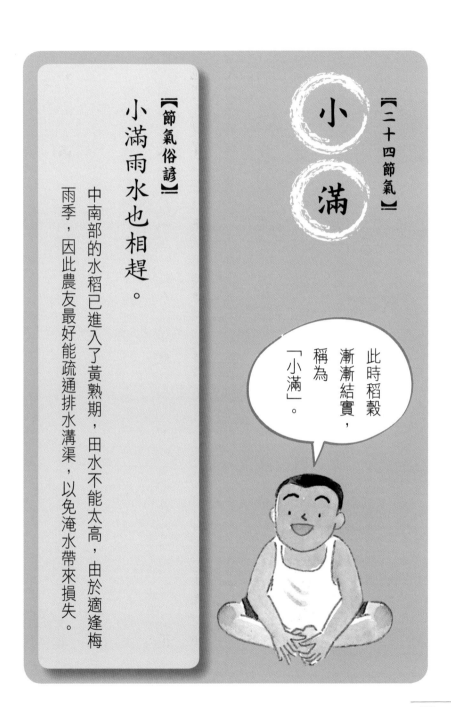

這樣的梅雨季

滿天大水螞蟻（白蟻的台語）飛舞求偶，大雨嘩啦嘩啦伴奏，水花遍地開放祝賀，空中充滿了濃濃的費洛蒙濕氣，這浪漫的白蟻愛情季，卻叫人們好生難受。

陳年的紅瓦厝屋頂上總有些破瓦歪磚，水滴就循著空隙到處滲入。牆壁掛上一條條淚痕，地上積下一灘灘小池，於是臉盆、鍋子、盆子、水桶，精銳盡出。隨著老老少少手忙腳亂，媽媽的臉開始發皺，就像手上永遠擰不乾的抹布一般。

一開始只嗅到濕濕的土味，不久，四處飄散出怪裡怪氣的霉味了。

貨架上的發粿、蛋糕，隔夜就生黑黴。糕餅工場裡，不小心沉積到地上和牆角的麵粉，平常不見蹤影，這時密密生出毛毛的菌絲，像伸出的爪子一般，片片展現勢力範圍。而屋子內掛滿萬國旗般晾開的濕衣服，日久變質，貢獻最多怪氣味，眾人經過時總是皺著眉，東躲西閃，搖頭嘆氣。

大雨使人們深居簡出，做生意的人家門可羅雀，只得望天搖頭。賣菜的人臉好苦，由於田裡蔬菜泡爛了，收成少價錢飆高，生意差，還得忍受客人的臭臉和責備。隔壁妗婆家的金銀紙工場最是倒楣，做好的線香無法曝曬就算了，還有大量紙錢生黴變黑，變成廢物，損失慘重。

放眼大街，陰雨綿綿，萬徑人蹤滅。

大人無聊得慌，只得看電視、泡茶聊天。平常我們小孩子吵架去告狀，他們工作忙碌，沒空搭理，這時卻愛主動來管閒事。一會兒因為哥哥頑皮，媽媽捏他的手臂處罰他，一會兒是堂哥亂罵人，二伯在打他的屁股；於是這邊哭，那邊鬧，耳邊轟轟擾攘，不得安寧，真應了人家說的「下雨天打孩子」這句俗語。

阿公看大家心浮氣躁的樣子，總是勸說：「唉！忍耐一下，如果缺了這些雨水，嘉南大圳水量不夠，接下來的夏天，做田人就沒有田水種作了。」

阿嬤也說：「是呀！忍耐啊！水庫進了水，夏天才不會缺水、停水。停水就沒辦法洗澡，不能洗衣服，尚艱苦啊！」

我們小孩子也不知要忍耐大雨，還是忍耐大人？乾脆遠離他們，躲到大通鋪上，擺開陣勢，玩起象棋和大富翁，自成一個兒童天地。在自由自在的房屋買賣，和激烈的兩軍廝殺間，玩得昏天暗地，不亦樂乎，早已忘

麵粉

卻潮濕的不舒服，也彌補了無法在陽光下奔跑的痛苦。

年紀最小的我，常常搶不到遊戲的參與權，只能眼巴巴觀戰，過過乾癮。不過，我另有一套自得其樂的方法，那就是躺到通鋪一角，裹上一條薄棉被，發呆胡想。

濃濃的濕氣填滿口鼻胸腔，最容易讓我聯想到「菜市場內下大雨」時，類似的場景。

糕餅店所在的菜市場每天人聲鼎沸，交易熱絡。許多牲畜的血水、海鮮的腥水、丟棄的爛菜葉，都會流落水泥地，甚至掉進排水孔，阻塞水溝水流，時日一久，發酸腐臭，叫人掩鼻。於是市場和消防局合作，固定一段時間，就派消防車來沖水，清除這些沉積的污垢，並疏通水溝。

當日下午三點，商家會將貨物搬進屋內，拉下鐵門，而消防隊的救火車停在市場口，淨空人群，拉開水線，準備就緒。我們小孩子會躲到閣樓裡，從小窗中窺視，興致昂揚的熱烈期待著。

只聽得指揮官大聲喝令，消防車的馬達隆隆作響，巨蟒般的白色水柱就從眼皮下面急速沖刷，菜市場內就開始下大雨了。

強猛的水柱在走道上四處沖洗，就連天花板鐵架上的蜘蛛網也不放過，滔滔水流瞬間將髒物和垃圾沖落地上，慢慢匯集到市場尾端。

那一刻，我興奮莫名，幻想大水沖龍王廟的盛況，以及白娘子水淹金山寺的慘烈，應該也不過如此吧！

偶爾會有零星水珠從閣樓窗子的細縫噴進來，惹得大家哇哇尖叫，很快的，空氣中便充滿了濕濕的水氣。

沖洗的時間大約一小時，孩子們看著看著疲乏了，也會拿出紙牌、象棋和大富翁來玩。

等到消防車的馬達聲靜止了，大家知道清洗活動已經結束，便紛紛拉開鐵門，擺出貨物，繼續營業。放眼望去，洗滌過的市場內少了垃圾雜物，地板不再黏黏滑滑，空氣也清新無比，叫人心曠神怡。

因此，儘管在梅雨季，淫雨霏霏，連月不開，我躺在家裡床角，想像這裡是市場的閣樓，外面是消防車在大掃除。然後，很快的，外面就會有一個全新的、乾淨的世界了。

想過這個之後，我又會有另一個幻想。

窗外淅瀝淅瀝的雨聲，四周濕潤的空氣，陰暗的光線，都催促我蜷縮起來，閉上眼睛，細數著心跳。慢慢的，會有一股熟悉而遙遠的回憶，引領我踮起腳尖穿越黑暗，走進幽靜甜美的夢鄉。

也只有在這樣的梅雨季，我能夢回媽媽的肚子裡，重溫備受呵護的幸福。

【二十四節氣】

芒種

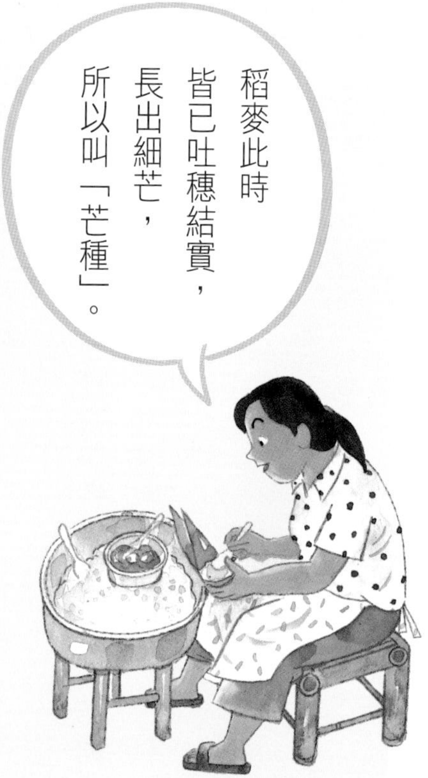

【節氣俗諺】

芒種蝶仔討無食。

農曆五月以後，百花花期均過，此時之蝴蝶已無花粉可採。

充滿傳說的肉粽節

梅雨一落下，街坊鄰居便開始打聽糯米的價錢，接著家裡出現平日難得一見的粽葉，然後是大鍋裡雜炒糯米，香菇、蝦米、魷魚，濃濃飄香。姊姊把粽葉泡水清洗，阿嬤把屋外曬衣服的長竹竿拿進門架起來，婆婆媽媽們拿板凳坐在下面，就著腳邊的食材開始忙碌起來。

先是把粽葉對摺，轉個角度兜成圓錐狀，分別放進混入各種材料的炒糯米，加入鹹蛋黃和豬肉塊，裹上粽葉，綑上棉繩。不多久，原本晾在上面的衣服全給一串串的肉粽取代了。

大灶裡煮滾水，粽子下鍋，蓋上鍋蓋燜煮。不久，竹葉特殊的青草味，

混著糯米香，乘著蒸氣噴發出來。它沾上人們額頭的汗珠，滲入人們身上的衣褲，附著在頭髮和皮膚，又薰得鼻子、胸腔和滿屋子都是濕潤的氣味。

粽子煮好後，掛在牆上，任人隨時取用解饞。我一邊喝著竹筍湯，一邊品嘗鹹香軟彈的肉粽，很自然地跟隨心中的進行曲而振奮起來——那是電視上每年龍舟錦標賽，龍舟破浪前行時，嘿厚嘿厚的背景歌聲。

學校裡講的「端午節」，長輩們口中都說「五月節」或「肉粽節」。愛吃的我，當然偏好最後面那個名稱。

除了美味的肉粽，從小我對肉粽節的神祕傳說更是著迷不已。

傳說在肉粽節的中午，有股強大的力量，可以讓人徒手把雞蛋立在光滑的地面上，而那是平常時候辦不到的事。

傳說在肉粽節的中午，用臉盆裝水在太陽下曝曬，稱為陽水，用來洗澡，可強身健體，趕走邪靈。

於是在那一天，馬路邊就會看見一盆盆的水，裡邊躺著毛巾；還會看見一群孩子，不畏酷暑，蹲在大太陽底下玩雞蛋。

傳說毒蛇、壁虎、蟾蜍、毒蠍、蜈蚣，在這時候開始出動，五毒肆虐，恐怖邪惡的力量會讓人生病，也會使人遭致厄運。

還好，邪不勝正，有「毒藥」就有「解藥」。

傳說有艾草、菖蒲可驅邪，掛在門上可保平安。還有香包裡的香料白芷、丁香，掛在身上可以驅蚊蟲避穢物，百毒不侵。

而肉粽節最動人的傳說，莫過於《白蛇傳》。

前來報恩的千年白蛇精白素貞、個性剛烈的青蛇精小青、懦弱的許仙、滿口仁義的法海和尚，還有那超級厲害、逼人現出原形的雄黃酒，都好吸引人啊！再看他們法力高強，翻天覆地，排山倒海，呼風喚雨，互相纏鬥，真是有趣極了。

原來，那屬於肉粽的季節，充滿正邪不兩立的緊張對峙氣氛，才是它誘人的主要原因——雖然我小時候總搞不清，那鍾愛許仙，並且願意為他犧牲一切的白素貞，為何在法海口中，總是違反天條的孽畜？而自稱降妖除魔，替天行道的法海，又為何總是要拆散人家恩愛夫妻？

誰是正義的化身，誰又是邪惡的代表呢？

還好有個不傷腦筋的傳說，那是春秋時期，愛國詩人屈原的故事。他向楚懷王勸諫聯合齊國來對抗秦國，不被接受，反而被貶官趕出了都城。悲傷憂愁的他，寫下〈離騷〉、〈九歌〉、〈天問〉等不朽的詩作。後來秦國大軍攻破楚國都城，屈原傷心欲絕，投江自盡。

據說屈原投江之後，人們為了尋找他的屍體，划船到江心打撈，後來演變出划龍船的風俗。又為了保護屈原的屍體不讓魚蝦吃掉，人們用竹葉包糯米飯投入江中，演變成今日吃粽子的風俗。

因為紀念他，我們吃肉粽、划龍舟，只需感懷，無須為評斷而操心。

嘿厚嘿厚——嘿厚嘿厚——奪標！

涼爽的梅雨季，求偶的大水螞蟻滿天飛舞如繽紛花雨，正緩緩揭開盛夏的序幕。

充滿神祕傳說的肉粽節，正為這歡鬧的嘉年華，頌讚一聲最響亮的禮炮。

【二十四節氣】

夏至

太陽直射北迴歸線、此時北半球受光最多，白天最長，夜晚最短。

【節氣俗諺】

夏至，風颱就出世。

夏至後，梅雨季節已經結束，開始進入颱風季節。

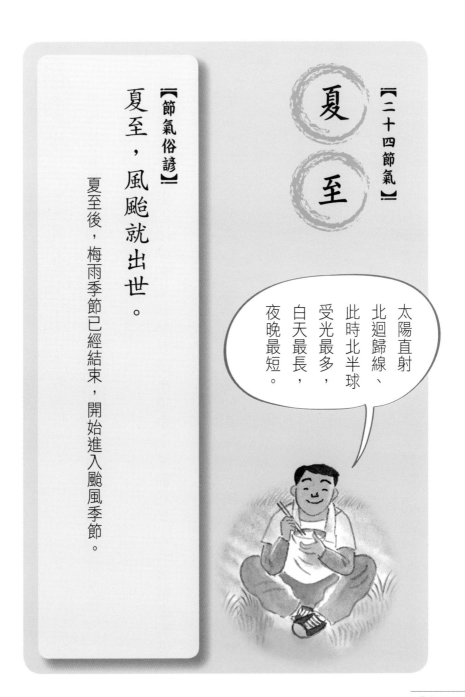

遍地黃金收割忙

漫步田間，見到收割機在金黃的稻浪間轟轟作響，正值一期稻作收割的時節，使我憶起童年外婆家農村生活的點點滴滴。

那時到鄉下外婆家是一件非常快樂的事，那兒是個道地農村，田裡有青蛙、田螺、泥鰍、蜻蜓，我們小孩子呼朋引伴，直奔田裡玩樂，抓泥鰍，釣青蛙，非常好玩。

然而，外婆家放養許多雞鴨，放任牠們到處亂跑，隨意進出房間也無所謂，以至於泥巴地上隨處都是雞屎鴨糞，就連寢室也是一樣。還記得有一天我午睡起床，剛下大通鋪，一腳便踩到一坨又冰又濕黏的雞屎，當場嚇得嚎啕大哭。

還記得有一次，表哥們用竹枝、牛條筋（釣魚線）和鉤子做了好多小釣竿，然後把挖來的蚯蚓鉤上去，在黃昏時插在田埂上，隔天一早，收抓回來上百隻肥大的田雞。外婆把牠們養在水槽裡，三餐抓些出來料理加菜。

平常那兒人口不多，除了辦桌吃拜拜時人多喧鬧之外，還有一段時間非常熱鬧，那便是稻作收割的季節。

收割的季節，農村洋溢歡欣的氣氛，遍地的稻穗需求很大的人力，大家都相約親朋好友互相幫忙，輪流收割。

那一天清早，伯公、姨丈、阿舅、表哥、鄰居和遠親，都在外婆家集合。灶腳裡也喧嚷起來，沒去割稻的外婆、姆婆、阿姨、阿妗，得為十多人準備三餐和兩份點心，忙碌程度不輸辦桌。

眾人先飽餐一頓，然後戴上斗笠、袖套和布巾，浩浩蕩蕩出發。脫穀機扛上牛車尾隨在後，到了田邊，分發鐮刀，分配位置，就開始收割。

伯公最是老經驗，左手一把握住好幾叢莖稈，右手一刀就俐落完成。後頭有人把稻穗拿到腳踩的脫穀機前，讓稻穀摩擦脫落。另外有人接手，把稻稈綁成一大束，立在田上晾曬成乾草，好方便收集儲存。我和表弟年紀小，不能拿鐮刀，但也沒閒著，負責撿拾零星散落的穗子。

一開始有人閒聊，但不久豔陽高照，揮汗如雨，天地間只聽到脫穀機隆隆的轉動聲。十點左右，外婆和阿姨提著大茶壺和瓷碗來到田埂邊，大家停下來喝黑糖水，解解渴又補充體力，稍微休息後再繼續工作。

到了中午，外婆和阿姨再度出現，用扁擔挑來幾個竹編的大謝籃，裡頭有碗筷和豐盛的午餐：紅燒豬肉、白斬雞、煎肉魚、菜脯蛋、炒地瓜葉、炒高麗菜、白飯和竹筍排骨湯。

人人席地坐上田埂，在芒果樹蔭下享受香噴噴的「割稻飯」。大家飢腸轆轆，嘴巴只忙著吃，話都不捨得說，等吃飽喝足，午休一會兒，再度上工。

到下午三點，換點心上場，綠豆湯、薏仁湯、甜芋湯，都是我的最愛。一直到夕陽西下，脫好的稻穀裝進麻布袋，扛上牛車運回稻埕，大夥兒才結束一天的工作，回外婆家吃晚飯。

表哥們受不了穀子尖芒引起的全身搔癢，急急想去洗澡，而大阿姨早已利用大灶剩餘的火力，煮好一大鍋熱水了。

表哥們舀了熱水進浴室，我也脫了衣服跟進去，然後有人幫我沖水，有人在我身上抹肥皂，只聞到氤氳的空氣中瀰漫著一股濃濃的薄荷味，緊接著皮膚異常發涼，讓我哇哇大叫。

仔細一看才發現，表哥們人手一條牙膏，他們竟然拿牙膏塗滿全身。原來肥皂沒用，涼涼的牙膏才有良好的止癢效果。

如今望著金黃的大地，微風吹得身上一陣涼，我彷彿又聞到牙膏的薄荷味，不禁笑了。

還記得最後一次看見大人在收割，是七歲的時候。當時踩在乾軟的田土上，我玩興一來，抓了一隻小青蛙，在地上挖了深深的洞放進去。想說先寄放在那兒，待會忙完再來找牠玩，沒想到真的忙過後，竟把牠忘了。後來想起時已經過了一天，也忘記那個洞在哪裡了，十分懊惱。

上小學之後，課業壓力的關係，很少去外婆家了。幾年之後再去，卻發現田裡生態完全改變，遍尋不到青蛙的蹤跡。想起當年那隻被我囚禁的青蛙，竟是一生中最後一眼所見，田中活生生的青蛙了。

收割機突然停止，大地頓時寂靜無聲。除了習習的微風，聽不到蟲鳴蛙叫，沒有蜂蜻嗡嗡。我恍然想起，這田裡已經有好多年失去了大自然的聲音。

我頓時又失了笑容。

自從工業發展以後，便宜的肥料和農藥被普遍施用在土地上，稻作產量增加，質量也增加，但是田裡的小動物們卻一一被消滅了。由於化學肥料使土壤酸化，農作物生長勢衰弱，引發更多病蟲害，農民又得大量噴農藥，導致惡性循環。

猶記得美國自然文學作家瑞秋・卡森所著的《寂靜的春天》一文，控訴DDT農藥對環境的危害，使得人們在春天裡聽不到蟲鳴鳥叫。

她的文章促使政府立法禁用了DDT，然而化學藥廠研發其他毒性較低的農藥，卻迅速普及全球，成為「慣形農法」必備的工具之一。而瑞秋・卡森的預言也早早實現了，人類高踞在生物鏈的頂端，長期食用殘留有農藥的食物，日久積病，尤其是致命的各種癌症肆虐，飽受威脅和折磨。

還好，有識之士大力提倡「有機農業」，那是沒有化學肥料和農藥，完全使用有機堆肥和人工除蟲除草的農耕方式。人們也警戒起來，知道有機農作物對身體健康的重要，開始重視與消費。

有些農民開始施用有機堆肥，養一群鴨子巡視田間，幫稻子除蟲，而邊走邊落下的鴨糞，正好也作為天然的肥料。說來其實沒什麼神奇，只不過重返外婆那時代的生產倫理而已。

而今寂靜的不只是春天，一年四季，田裡都是這般靜悄悄的死寂荒涼，插秧與收割時也不見人聲笑語，招呼應答，唯有農業機械下田操作時，才有能力擾動空氣，撼動耳膜。而農村剩下年邁的老人家，好多田地廢耕，景況蕭條。

多麼希望不久的將來，再來到這片田，能聽見呱呱蛙鳴，啾啾鳥啼。更希望能看見一群人做伙，戴斗笠圍毛巾，彎腰低頭，一同歡喜收割這滋養生命與心靈的遍地黃金。

【二十四節氣】

小暑

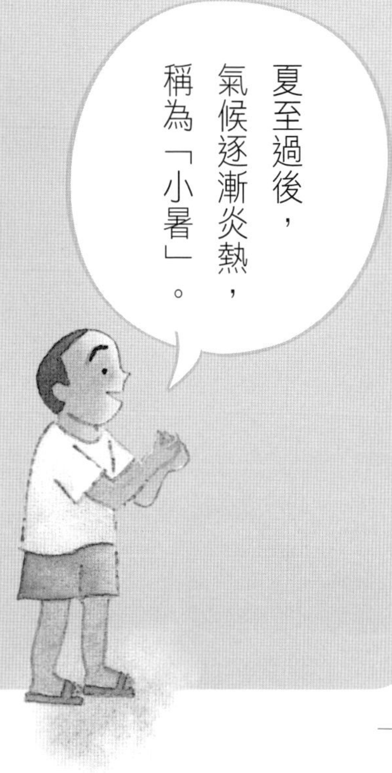

【節氣俗諺】

小暑過，一日熱三分。

小暑後，天氣一天比一天熱。

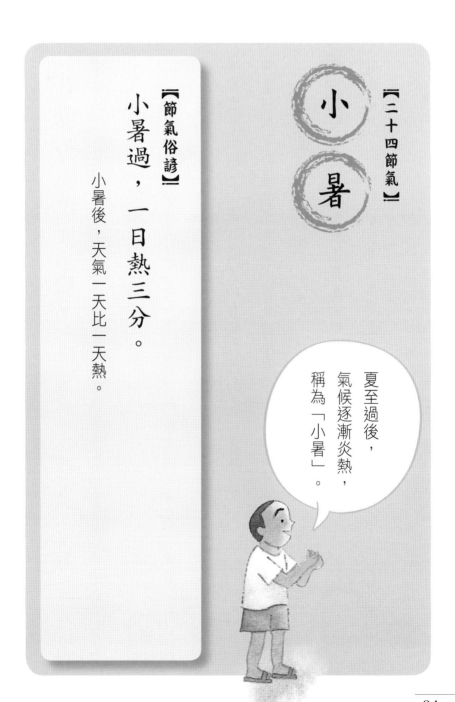

消暑解熱的西北雨

過了端午，酷熱的夏季正式展開，人們也開始了在熱浪裡煎熬的苦日子。

每天一出門，白花花的陽光從天空射下，還在馬路、磚牆、樹葉間到處飛竄，婆婆媽媽拿陽傘遮擋不了，還得搭配袖套、口罩、草帽，層層防護。這時隨便動一下就汗流浹背，即使待在蔭涼處，悶熱與濕黏也如影隨形，讓人幾乎融化。受不了酷熱，人們逃進冷氣房，喝涼水，吃冰品，要不就泡進泳池來消暑。

小時候，家裡的大烤爐每天烤著大餅、麵包、蛋糕，簡直就是在屋簷下埋了另一個大太陽，那輻射出的高溫，把屋子烘成一片熱情的沙漠。尤其是午睡過後，下午工場趕工，大家交換呼吸著四十多度的空氣，人人汗水淋漓，懶倦不想說話，耳邊迴響著收音機的歌聲和嘈雜的蟬鳴，氣氛又悶又煩。

鄉下沒有游泳池，有嘉南大圳，吸引很多小孩跑去玩水，卻也常常傳出溺水事件。大人總是厲聲禁止我們前往，如果被抓到，一頓狠狠的竹筍炒肉絲是逃不了的，因此沒人敢違背。

這時如果大量喝水，放任汗水淋漓，人會舒服一些，但我們這群貪圖涼快的孩子卻跑去吃剉冰。

綜合冰
三寶冰
杏仁冰
粉圓冰
紅豆冰
土豆冰
愛玉冰
綠豆冰
鳳梨冰
冰

香香的仙草、甜甜的綠豆、酸酸的楊桃乾，搭配各式黑的紅的鹹酸甜，和淋了黑糖水的碎冰屑，一滑入嘴巴和肚子，頓時五臟熄火，四肢發涼，好不舒服。

有一次，我還記得讀國小一年級，自己偷偷跑去新港火車站前面吃剉冰。

鄰座有一對情侶各點了一份四果冰，但一個不愛吃綠豆，一個不喜吃紅豆，兩人都忘了跟老闆娘講。等到冰端上來，也攪拌了，這才後悔的發起牢騷。兩人邊吃邊挑，還把含進嘴巴的豆子也吐出來，放在桌上。

他們走了之後，老闆娘瞧見桌上的紅豆綠豆，惋惜的說：「哎喲！天壽，好吃的東西竟然亂丟，不怕雷公打喔？」說完，如珍似寶的把那些豆子撥進碗裡，然後拿到我面前說：「小朋友，你好可愛，這些好吃的豆子給你吃，不吃太可惜了。」

傻傻的我，覺得老闆娘對我好好喔！不但誇獎我，還免費給我「加菜」呢！便開心的把那些「廚餘」吃了。

回家後，我還跟媽媽炫耀。

只見媽媽一臉快要昏倒的模樣，還鄭重的「教導」我：「不可以吃別人吐出來的東西，那太噁心了。」

「可是阿桑說，不吃的話，雷公會打。」

那一陣子常常下西北雨，伴隨大雷，電光閃爍，雷聲隆隆，非常恐怖，我很害怕。

「阿呆，打是打他們，又不會打你。」媽媽的表情有點生氣。「以後不要去那一家冰店吃冰了，聽到沒有？」

「喔！」我點頭，但心裡還委屈著，明明人家老闆娘很疼我。

然而全身急凍的結果，反而把暑氣鎖進身體內裡，讓人昏沉發懶，頭疼欲裂，犯上更嚴重的中暑。只好，銅板、牛角、瓷碗、湯匙，各類刮痧用具齊出籠，大家一個挨一個，奮力在後頸和背上刮出紫黑色的痧。

一時貪涼嚐到苦果了，那比藤條打在手心還痛的刮磨，讓人殺豬似的唉唉叫，慘烈的哀嚎聲甚至蓋過了窗外唧唧惱人的蟬鳴。

如果下午能來場西北雨，那真是上天的恩賜。

只見天邊高高積起的烏雲中雷光一閃，涼風一吹，大雨就傾盆而下，炙熱的柏油路瞬間騰起水煙。大人慌張起來，大聲吆喝：「快！快！快！」有人忙收衣服，有人到大埕收穀粒，有人路邊收線香；路人紛紛躲進騎樓，抹頭髮、撥衣服，望天興嘆；原本要出門的人，穿起雨衣或打傘，或是猶豫著是否等雨停再啟程。

這突如其來的大雨，讓有些生產活動暫停，有些計畫必須改變，大人們搖頭埋怨，希望它早早停息。但氣溫驟降，孩子們像是得救般拍手慶賀，望著馬路上彈起的水花，巴不得衝到外面把身體淋濕。

孩子們高興的唱起童謠：「西北雨，直直落，鯽仔魚，欲娶某（想娶老婆），鮎鮘兄，打鑼鼓，媒人婆仔，塗虱嫂，日頭暗，尋無路。趕緊來，火金姑（螢火蟲），做好心，來照路，西北雨，直直落……」

鯽仔魚的迎親隊伍遇上了西北雨，天昏地暗中迷了路，小動物都來幫忙，真是可愛極了。

大人卻無奈地唱起收音機中常聽見的另一首歌：「日頭過半晡，天氣炎熱宛然像火爐，約束不敢誤（有約會不敢耽誤），想要出門，丟丟銅仔伊都（狀聲詞，形容雨聲）看著，滿天雲變黑……唉呀第一害人，就是西北雨……」

一場雨，兩樣情。我好疑惑，明明大雨為大地降溫，為何說它「第一害人」呢？

傍晚雨停，晚飯後，搬凳子到屋外看星星。天涼如水，我們閒聊玩鬧著，期待屋內的暑氣也快快降溫，好一夜安眠。而高溫的夏季，就在這樣的循環中，緩慢的悠遊過去。

長大後我知道了，西北雨是因為夏天天氣炎熱，強烈的上升氣流形成積雨雲，通常在午後下雨，雨勢又快又急，雨滴也很大，常讓人措手不及。有時這邊下雨，那邊出太陽，來得快，停得也急，因此俗話說「西北雨落不過田埂」。

至於那首成人版的「西北雨」，「日頭過半晡，天氣炎熱宛然像火爐，約束不敢誤，想要出門，丟丟銅仔伊都看著，滿天雲變黑……」

我查了資料，知道它是作曲家周添旺創作的台灣歌謠。在民國六十六年時徵選比賽，獲得冠軍，由當時的紅歌星紀露霞演唱。歌詞說的是一位趕赴約會的情人，因為突如其來的一場西北雨，耽誤了時間，也淋了一身濕，花容失色，狼狽不堪，於是怨天怪地，懊惱不已。

「……唉呀第一害人，就是西北雨……」

這就難怪大人哼唱時的表情，都一副心有戚戚焉了。

鯽仔魚

魚類。身體側扁，頭部呈尖狀，背部隆起。產於淡水中，為常見的食用魚。

鮎魠

臺灣鱧魚、七星鱧。魚名。性兇猛且好吃，為肉食性魚類，是一種生命力很強的淡水魚。

塗虱

小鯰魚。魚類。背鰭大且長，為溫水性魚類。因雌魚成長速度較雄魚快，體型也較大，肉質鮮美，所以具有養殖價值。

【二十四節氣】

大暑

氣候酷熱達到最高峰、夏天的氣溫到這時已熱到極點，稱為「大暑」。

【節氣俗諺】

小暑大暑，有米也懶煮。

天氣熱，人懶倦，連三餐都懶得煮。

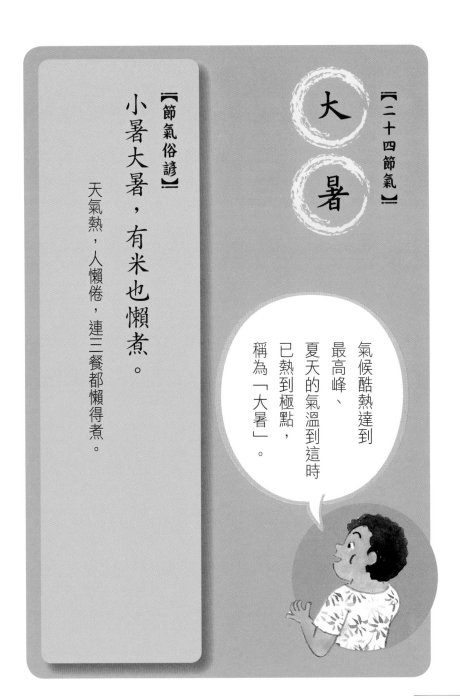

密密編織出的情味——草帽和草蓆

家裡的日常用品，材質不是金屬、木頭、布料，便是塑膠，唯有兩樣與眾不同，那就是牆上的大甲草帽，和木板床上的大甲草蓆。

它們是用藺草分列經緯，密密編織而成的。

藺草這東西並不陌生，因為隔壁妗婆家是金銀紙工廠，做好的金紙銀紙都用藺草來綑綁。偶爾閒暇時，家人也會幫忙綁金紙，那藺草又叫做「鹹草」，聞起來有股鹹鹹的香氣。

只是沒想到，看似柔弱的藺草，乾燥之後編織成物，竟然發揮無比的韌性，經久耐用。

草帽是阿公的，樸實的土黃色，深筒寬緣的造型，輕巧透氣，是阿公出門不可或缺的裝備。尤其是跟阿嬤參加老人會的旅遊，搭遊覽車全台跑透透，阿公都戴著它，留下許多寶貴的影像記錄。

那頂草帽平日就吊在牆上的掛勾，跟許多老照片為伴。

阿公過世後，草帽留在原處，媽媽曾想拿去清洗，卻被阿嬤阻止。

「不要洗它，洗了也沒人在用了。」

阿嬤常會把它拿下來，撢去灰塵，若有所思的端詳著。

有時她會說：「這種藺草編的帽子，吸汗透氣，不悶熱，比其他材料的都好。」

難怪照片裡的阿公一派輕鬆，原來是草帽發揮效用，免去滿頭大汗的狼狽，維持了他一貫的優雅紳士風範。

我有一回拿起來把玩，忽然聞到阿公遺留的油垢味，感覺阿公就站在身邊，慈藹的望著我。

我躑躅半晌，這才瞭解阿嬤不讓人清洗的原因。

而草蓆，雖然有許多人在上面躺過，但其實它後來專屬於媽媽。

俗語說：「未食五月粽，破裘毋甘放。」那是因為「春天後母面」，春季時，冷氣團一來，天氣冷颼颼，冷氣團一走，又放晴回暖，這樣忽冷忽熱，沒有定性。而過了端午，天氣不再回涼，媽媽便收起棉被和大衣，替換出櫃子裡冬眠數月的大甲草蓆。

媽媽用茶葉水珍寶似的擦拭過，晾乾後，就拿來鋪在通鋪上當床墊。「大熱天睡覺就怕貪涼而感冒，睡竹蓆太冰涼，吹電扇易風濕，還是這大甲草蓆最剛好，吸汗涼爽又顧身體。」

小小的我躺在上面，一股清香襲來包覆全身，我彷彿躺臥草原的小綿羊，享受涼風陣陣吹拂。

媽媽一旁幫忙搧扇子，說：「忍耐一下，睡著以後就不怕熱了。」

朦朧中，常聽見爸媽悄悄對話。

「上個月的電用得凶。」

「沒辦法，糕餅店的大電爐天天烘大餅、烘麵包。」

「唉！還是省一點好。」

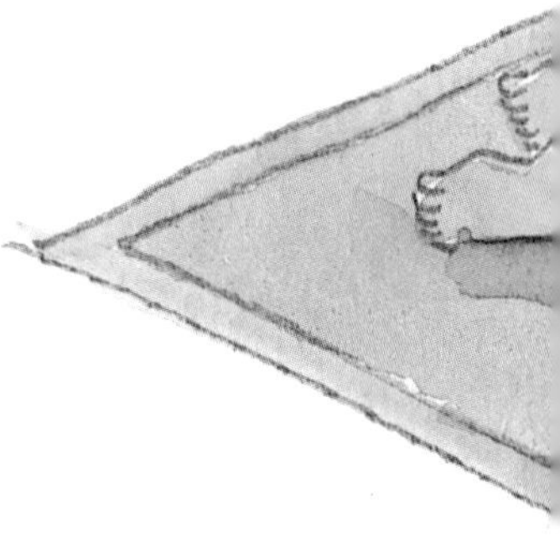

長大之後跟哥哥睡另一個房間，兩個大男生受不了酷熱，免不了要吹冷氣、開電扇，那張草蓆就留在通鋪裡，給爸媽睡。

一直到爸爸過世後，它成為媽媽專屬的夏夜涼伴。

有一回我發現草蓆破洞了，一支一支的藺草紛紛冒出頭，參差散亂。

「買一張新的來換吧！」我說。

「不必了。」她還是那句老話：「還能用的，省一點好。」

那使我想起廚房一角堆疊的數十條灰白抹布，原本都是鮮豔的花毛巾，破了之後不捨丟棄，媽媽留下來當抹布，累積了數十年。

現在一到夏天，電扇和冷氣就從冬眠中甦醒，開始復工，搞得滿屋子轟轟作響。唯獨媽媽的通鋪最是安寧，除了微微的鼾聲，和翻身時草蓆窸窸窣窣的輕輕觸響。

而草帽一直閒晾在牆上，阿嬤過世之後，我偶爾拿下來看看，卻已嗅不到阿公的氣味了。

【二十四節氣】

立秋

夏去秋來，中國的黃河流域天氣變涼，稱為「立秋」。但台灣屬亞熱帶氣候，立秋時還是非常炎熱。

【節氣俗諺】

立秋無雨最堪憂，萬物從來只半收。

立秋不下雨，預估年底收成不佳。

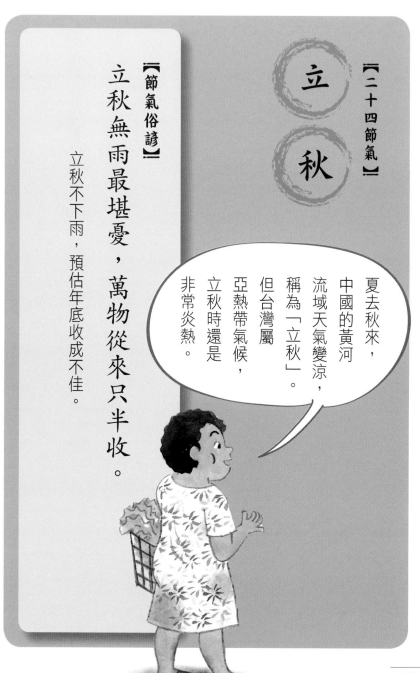

七夕「做十六」的成年禮

七夕是牛郎織女一年一度鵲橋相會的日子，又叫七巧節，相傳這一天也是織女「七娘媽」的生日。七娘媽是「床母」，也就是兒童的保護神，因而台南地區流傳在這一天給十六歲的孩子舉行「做十六」的成年禮。

親戚的兒子上了高中，參加台南開隆宮「做十六歲」的成年禮俗，七夕當日在七娘媽織女的見證下，鑽七娘媽亭，又鑽神桌。並且在市長的祝福，與「關懷、負責、尊親、感恩」的期許下，完成了成龍化鳳的儀式。

據說清朝時期在五條港（水仙宮前）貿易繁盛，對於搬運工人需求很大，許多小孩也擔任童工，幫家裡賺錢。當時童工領的是大人一半的薪水，必須滿十六歲才能領全薪。因此孩子一到十六歲，家長會在七夕「七娘媽生」時幫孩子舉行做十六的科儀，分送紅龜粿，並宴請工頭與親友，開開心心的昭告世人，孩子從此是大人，可以領「全薪」了。

親戚苦笑說：「我有跟兒子講這典故，他也覺得有趣，但典禮過後，他竟然抬起下巴跟我說，他長大了，叫我以後少管他的事。」

「什麼樣的事？」我問。

「唉！當然是交朋友，跟誰出去玩，幾點回家，還有最重要的，交女朋友。」朋友語重心長的說。「你也知道，怎麼可能，天下父母心啊！我說他兩句，他回嘴頂我，結果兩個人狠狠的吵了一架，真是氣死我了。」

我說：「那些都是遲早的事，你得慢慢學習放手了。」

結果一個成年禮，看見孩子開開心心的憧憬未來，祝福他們的大人反而憂心忡忡起來，古今對照，還真叫人傻眼。

親戚離開之後，我想起家族倒是有一項很特殊的活動，跟這個有關。

小時候，阿公生意作很大，除了糕餅店，還開了油廠，生產芝麻油、花生油。搾完油的那些豆粕渣渣，可以當牲畜的飼料，因此他又買玉米磨粉混合，成立飼料工廠，除了外賣，也供應自己家的農場。阿公是大老闆，糕餅店交由爸爸負責管理，農場與飼料廠由二伯負責。

隨著各種牲畜的行情起落，我們家的農場養過豬、雞、鴨、鵝、兔子。到後來連鎖速食業進入台灣，開始流行吃炸雞，農場全面改成養雞場，最多的時候，曾養到上萬隻雞。

每到雞仔子（小雛雞）養到成雞要出貨時，那是一個很大的工程，家族中讀高中以上的男生必須全員出動，幫忙抓雞。

在白天，雞會到處亂跑，很難抓。但是雞有夜盲症，一到了晚上就看不見，那便是下手的好時機。於是，我們大約在晚上七點出發。

當一行人乘著小貨車抵達農場所在的民雄鄉火燒庄（現之豐收村），來收貨的販仔已經把大卡車停在山坡上等候著，上面載著數百個空的大鐵籠。

首先，靜靜的進入擁擠的雞舍，將鐵絲做成的長柵欄慢慢圍成一個小圈圈，然後關燈。

突然失去光明，雞隻都安靜下來。

一聲令下，大家蹲下來，抓住身旁溫熱的雞腳，然後一手一隻提起來，走到外面，裝進鐵籠裡。

雞舍內本就擁擠，雞屎味瀰漫，這時雞隻奮力掙扎，亂揮翅膀，引發狂亂騷動，只見一團團黑影東飛西跳，鬼哭神號，彷如世界末日降臨。

雞隻受到驚嚇，不停蹬腿扭動，亂抓亂啄，噴屎「剉賽」（台語字應為「疶屎」，指不自覺或無法控制地排洩出糞便。），我的身上開始出現條條傷痕，並且濕黏發臭，疼痛和噁心使我渾身緊繃，幾近崩潰。地上的粗糠、灰塵和乾雞屎末不斷被揚起，加上脫落的碎雞毛，雞舍內的空氣沸騰成重度污染。有過敏體質的我，一下子就眼紅鼻子癢，一把鼻涕一把眼淚，宛如陷進水深火熱的無間地獄。

眼看沒有人戴手套和口罩，爸爸和二伯又單手抓兩隻，迅速來回穿梭內外，我只得默默的忍受這一切。等清空了雞舍，還得過磅計價，我抬著那些笨重的雞籠，看著裡頭被擠壓而蜷縮的可憐雞隻，感到又難過又疲累，只盼望一切趕快結束。

還記得第一次去抓雞時，那是極度的震撼教育，回到家清洗完畢後，一夜輾轉難眠。好不容易睡著，夢中卻是狂風暴雨、山崩雷劈，九死一生，驚恐不安，頻頻在吼叫中嚇醒。

然而，那一天之後，我似乎發現大人對我說話的態度有一點點不同了，而當我提出意見的時候，他們會鄭重的停下來聽，並且思考如何來回應我。那些微微壓低的語氣，和稍稍遲疑的零點幾秒，使我感到，我已經和以前很不一樣了。

或許，這便是我們家不成文的「成年禮」吧！

泰雅族人同樣在孩子十六歲左右，會對他們進行測驗，男生必須會打獵，女生要會織布，才能紋面成為大人。

我想，泰雅族的青年應該比現代青年還歡喜，因為他們經過了「認證」，而非僅僅接受「祝福」，他們必然更有信心，因為自己成了社會上真正「有用」的人。

這樣的成年禮是在教孩子如何塗藥水、忍疼痛，培養將來突破挑戰的能力；相較之下，「祝福」式的成年禮，似乎只是在孩子的外套上灑香水，提供全家人短暫的歡愉。

「做十六」成年禮的立意良好，但是它的象徵意義卻是大人小孩各自解讀。

我想，這反而提供父母一個省思的機會。

父母還會在半夜去幫孩子蓋棉被、關窗戶嗎？你還會幫他盛飯，幫他洗碗嗎？早上是你叫孩子起床嗎？父母是否常說：「你只要把書讀好，什麼都不用管。」而將孩子囚禁在書城之中，與家人社會分隔，不知不覺在潛意識中催眠他：「你永遠，永遠，只是，也只需要，當一個孩子。」

其實，做十六歲的成年禮，在肯定孩子成長的同時，它也在提醒父母，是該努力培養孩子「獨立」成為「有用」的人了。

但如果父母不放手，不教導孩子長大後的責任，不建立他們回饋家人與社會的責任感，那麼所謂的「媽寶」和「啃老族」會不斷繁衍。而所謂的「成年禮」的「祝福」，便只會流於一廂情願而無法實現，甚至是讓人傷心的「空思夢想」罷了。

【二十四節氣】

處暑

處是「終止」的意思，
表示夏天到此停止，
稱為「處暑」。
但在台灣，
天氣仍然非常炎熱。

【節氣俗諺】

處暑，會曝死老鼠。

形容此時天氣酷熱。

請「好兄弟仔」吃大餐

每到初一、十五的下午，家裡都要準備供品拜拜，鄰居大多也是如此。不過在初二、十六時，我們也拜拜，而在路上繞一圈，只看到做生意的人家才拜拜。阿嬤說這叫做「作牙」，是拜土地公，因為土地公也是財神爺，我們要感謝祂為我們帶來財運。供品很簡單，就是自家要吃的晚餐，通常是一飯、三菜、一湯和三杯米酒。

還沒讀小學前，每每到了一個時節我會很困惑，那就是家裡準備了非常豐盛的供品來拜拜，跟平常時候很不相同。除了澎派的牲禮，還有其他盤大菜，和烏仔餅、各類餅乾、泡麵、罐頭、飲料。一箱又一箱的食品多到不像話，必須抬出兩張大方桌併在一起，才能擺得下。

「這些豬腳是要拜『好兄弟仔』的，不能偷吃喔！」媽媽交代。

「汽水要等拜完『好兄弟仔』才能喝。」阿嬤說。

我問：「『好兄弟仔』是誰？」

每個人都神神祕祕的回我：「『好兄弟仔』，就是『好兄弟仔』」。

我有哥哥，有姊姊，沒有弟弟妹妹，我很難理解「好兄弟仔」是什麼意思。不過，每當兩張大桌開始併在一起時，我會非常開心，看著好吃的食品飲料一一上桌，我就繞著桌子興奮的跑跑跳跳，因為不久之後，就會有好多美食可以享用了。

青豆

後來讀小學時，聽老師說有關「鬼月」的傳說，才知道「好兄弟仔」原來就是對所有的「孤魂野鬼」親切的稱呼。

傳說每年農曆七月初一，鬼門會打開，那代表為期一個月的「鬼月」正式來臨了。這期間，被關在地獄受苦的「好兄弟仔」可以到人間遊玩，享受人們供奉的供品，一直到鬼門關閉為止。

農曆七月十五那一天又叫做「中元普渡」，除了自家拜拜，各地也有舉辦集體的普渡儀式。馬路邊、巷子裡擺上許多圓桌，供社區民眾擺放供品，並請人來念經，超渡這些亡魂。

平常拜拜用全雞、豬肉、魚三牲，現在還加上豬肚和鴨，湊成更高等級的五牲。難怪有一句俗話說：「七月半的鴨子——不知死活」，因為平常所用的三牲裡面並沒有鴨子啊！

大人告誡我們許多禁忌，像是：天黑後不可把晾在外面的衣服收進來，否則「好兄弟仔」會藉由衣服附在人們身上。晚上不能吹口哨，以免把他們招來。不能去圳溝玩水，不然會被水中的「好兄弟仔」拖走。還有，很重要，不要說出「鬼」這個字，免得他們以為你在召喚，而跟在身邊。

這個月不能結婚，不然會被人笑「鬼新娘」；不能買房子，不然人家會質疑那是「鬼屋」。

這就難怪大人滿口都是「好兄弟仔」了，卻也嚇得我緊張兮兮。這不就是猛鬼出籠，危害人間嗎？害得整天我疑神疑鬼，惶惶不安。

糕餅店完全沒有人來訂喜餅，還好人們需要一種「鳥仔餅」，做為普渡必備的重要供品。因此，這整個月都以「鳥仔餅」營生。那其實是酥油皮包豆沙的豆沙餅，只不過包好之後，揉成水滴狀再壓扁，用梳子壓出三道線，再用「紅番仔染」點眼睛。整體造型看起來，像是一隻蹲在地上的小麻雀。

家裡普渡的時候，會準備一個裝了水的臉盆，裡面放毛巾，放在小凳子上擺在路邊。焚燒紙錢時，我發現除了銀紙之外，還有一種叫做「經衣」的紙錢，上面沒有貼銀箔，而是印了許多日常用品的簡單圖樣，像是：梳子、鏡子、衣服、帽子、剪刀、鞋子。不曉得有何用意？

我把疑惑告訴阿嬤，阿嬤說：「『好兄弟仔』在地獄受苦，全身髒兮兮，路過我們家時，可以洗洗臉，擦擦身體。身體擦乾淨之後，就可以照照鏡子，用剪刀剪頭髮，換上新衣新帽。」

我的嘴巴張得好大，腦子裡都是畫面。

那是一群可憐的「好兄弟仔」，個個衣衫襤褸，蓬頭垢面，來到我家門前。他們停下來擦洗身體，換上新衣，把自己打扮整齊，然後接受我們的招待，開始大吃大喝。等吃飽喝足了，拿著我們送的錢，開開心心的離開。

想到這兒，我不禁感動的掉眼淚。原來他們並不是什麼凶神惡煞，相反的，他們是一群需要幫助的可憐人。

「為什麼他們會被關在地獄？」我又問。

「因為他們生前做了壞事，死後就被抓去地獄，接受處罰。」

我馬上想到上刀山、下油鍋的十八層地獄，不由得倒吸一口氣。

看著大街小巷都忙碌的在普渡，到處瀰漫著燒紙錢的白煙，我覺得這個社會好有愛心。而此同時，我那小小的心靈也立下志願，我以後不會做壞事，我一定要當一個大好人。

【二十四節氣】

白露

此時夜間氣溫下降，水珠附著在農作物上面，露水特別豐沛，所以稱作「白露」。

【節氣俗諺】

白露水，卡冷鬼。

表示天氣轉涼，像鬼一般讓人全身發冷。

熱帶風暴登陸時

悶熱的夏季，幸虧有西北雨的雷聲雨點，為人們帶來短暫清涼。俗話說：「一雷破九颱。」但相反的，如果連續幾天沒有午後雷陣雨，那麼很可能，可怕的熱帶風暴已悄悄接近了。

還好氣象局會事先警告，衛星雲圖上那一顆雲球立刻成為萬眾矚目的焦點。但即便緊迫追蹤，依舊人心惶惶，因為那是上帝投出的一顆變化球，誰也猜不透它會往哪裡進攻，誰又必須接招，承受它無情的攻擊。

我們小孩子卻愛颱風，一來可以放颱風假，二來酷熱的天氣可以獲得紓解。當雲腳長了毛，傍晚天幕出現整片橘紅的火燒雲，陣陣強風從天而降，大夥兒最愛在此時跑到空曠的馬路上，逆風張開雙臂，想像自己是蓄勢待飛的大風箏，興奮極了。

但大人卻緊張兮兮，如臨大敵，急忙把小孩抓回來，又打電話把外處工作的家人都召回，進行防禦準備。

爸爸架起木梯爬上爬下，拆下招牌看板，又把木門木窗都關好，兩旁釘上木板護著。接著疏通水溝，清除阻塞的垃圾，又清掃糕餅工場透天厝的頂樓，檢查排水孔有無通暢。小孩在一旁幫忙拿遞工具，做些簡單的打

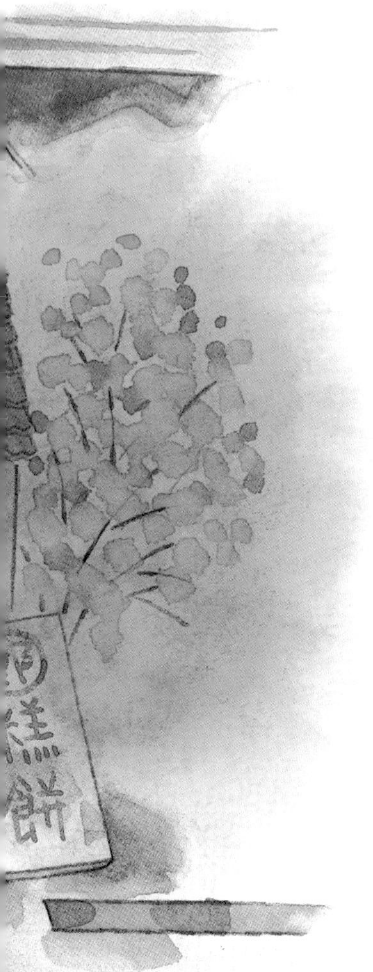

鄭
糕餅
(05) 223067

掃，對這些平日難得遇見的景象，感到新奇有趣。

當一切就緒就不該出門了，大家聚在電視機和收音機前，隨時關心敵人的動態，並且做好心理準備，迎接它的猛烈轟擊。

不久天色晦暗，風勢加強，大雨潑下，屋子裡開始滴滴答答，梅雨季常用的那些鍋桶水盆悠閒久了，這時積極出場救援。外頭不時傳來金屬、木塊和玻璃的撞擊聲，而風聲嗚嗚，鬼哭神號，引誘人好奇的從窗戶看出去。只見風強雨急，雜物瘋狂飛旋，大樹宛如遭巨人拉扯，應聲倒地。

突然視線變黑，電視無影無聲，不知何處電線桿倒塌，造成停電。這時只好在收音機裡換上電池，用耳朵繼續窺探敵人動向。

如果是晚上，蠟燭也上場，有人開始玩起手影，濕濕的牆壁上光影交錯，混雜笑聲。最會講故事的姊姊一吆喝，大家圍成一個圈圈，把她當成中心聽她講故事。她喜歡先講笑話逗人開心，然後慢慢的壓低聲音，故弄玄虛，說起鬼故事來嚇人。

大家開始縮脖子，看別人，你擠我，我擠你，將人牆擠縮得越來越緊。看著搖曳的黑影，聽著呼嘯的風聲，再加上妖魔鬼怪在心頭縈繞，我全身起毛，背脊發涼，這才忐忑的感覺到颱風的恐怖。

肚子餓了，媽媽捧出一大鍋的泡麵，裡面只加雞蛋，別無長物。大家紛紛取來碗筷，稀里呼嚕的吃起來。

媽媽不好意思的說：「市場的菜都被人搶光了，而且沒電，不能用電鍋煮飯，只有瓦斯爐可以煮泡麵。這兩天都吃泡麵，就忍耐一下吧！」

其實無須抱歉，泡麵本來就是小孩子的最愛。油蔥包和椒鹽粉構築的湯頭，這時又成了專屬於颱風天的特殊滋味。

風雨停後，大家出門看看，馬路上一片狼藉。有時無風無雨只是短暫現象，只因位在颱風眼中心；不久之後，狂風暴雨又起，而且吹的是和之前相反方向，那又得一番耐心等候。等真正台灣掃過，大家才敢安心的出來清理家園。

有一次颱風過後，聽人說北港溪氾濫，北邊崙仔村淹大水。我好奇的跟人騎腳踏車，到河堤上察看，果然看見腳下十公尺之前全是污濁的河水，而遠方有片片小紅點漂浮在水面，竟然是幾乎滅頂的紅瓦厝。路邊有人在哭泣，不聽旁人勸阻，執意要游水回家，最後都被警察強拉回來。

我家所在的位置地勢較高，並無淹水的危機，但有一次颱風天下大雨，水泥地上居然進水，並且很快漫過腳踝，而屋外並沒有淹水，讓人十分困惑。大家緊張的四處察看，竟然是糕餅工廠透天厝的樓梯上不斷有水往下流，把樓梯流成一道滾滾的瀑布。打開頂樓門才發現，原來是排水孔被砂石垃圾阻塞，導致頂樓積水，而從樓梯宣洩下來。

那一次有許多家具泡水，損失慘重，卻也因此學到寶貴的教訓。長大後看到各地災情報導，淹水、土石流、橋斷、屋毀、家破人亡，漸漸感同身受。想起小時候用雀躍的心情迎接颱風，不免為自己的天真無知感到慚愧。

這些熱帶風暴每年都來，而且隨著地球平均溫度上升，太平洋海水蒸發劇烈，似乎有逐年增加的趨勢。節能減碳是防止災情惡化的最佳方法，然而在情況改善之前，多一分防颱準備，少一分災害損失。

既然無法避免，就姑且將颱風們，看做是老天爺磨練人們心智的黑色禮物吧！

【二十四節氣】

秋分

陽光直射赤道上，
地球南北半球
受光相等，
晝夜平分為「秋分」。

【節氣俗諺】

秋分天氣白雲多，處處歡聲歌好禾。

秋分時秋高氣爽，又是農家收穫的好時節，家家戶戶都開懷歌唱，慶祝今年好收成。

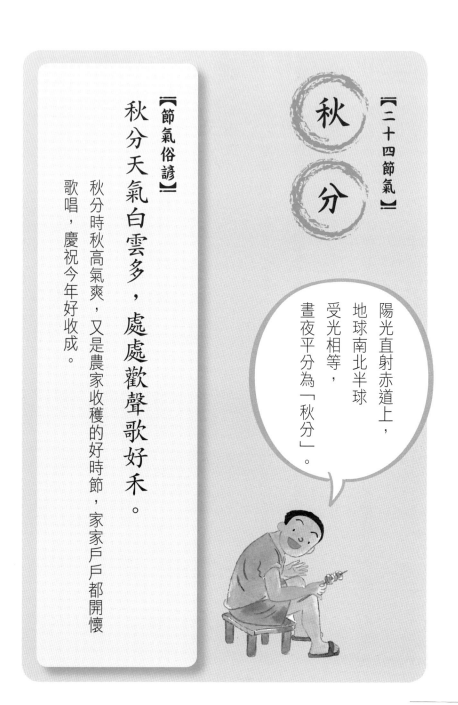

中秋月夜餅飄香

度過漫長的夏季，天氣開始轉涼。原本洗澡都以冷水為樂，這時得要開啟瓦斯熱水爐，才不會感到寒涼。而這時令人期待的，就是有好多月餅可吃的中秋節。

糕餅工場還沒製作月餅，我就迫不及待跑到倉庫，翻出包裝月餅用的玻璃紙和標仔來玩。

標仔很像是我們在玩的「尫仔標」，只不過它只是一張薄薄的、圓形的紙，上面標註有月餅的品項名稱。它是我最愛的玩具，上頭畫有各種美麗的裝飾圖案，例如：花鳥、山水、布袋戲明星木偶……等，有的鑲金邊、有的滾銀邊，非常華麗。雖然它不像「尪仔標」可以拿起來甩打，跟人互鬥，但是那些美的圖樣，讓人看了就很開心。

還有四方花紋玻璃紙，紅、黃、白、藍、黑、綠……各種顏色的花紋都有。有時我拿它當色紙摺著玩，有時乾脆即興創作，白色的捏一個新娘，黑色的揉成新郎，有趣極了。

馬路對面的土地公廟，每到中秋節就會演出酬神戲。

當外面戲臺喇叭響徹雲霄時，糕餅店裡也如火如荼的在製作應景的月餅。五六個師傅，加上自家的大人小孩，十多人一起投入生產行列。

先製作傳統酥皮的月餅，那比較簡單，只要把豆沙餡包進酥油皮，徒手一壓，變成圓扁形，蓋個紅印，就可送進烤爐。

最受歡迎的廣式月餅就比較費工了。外皮是糕皮，彈性較差，包裹內餡時必須小心翼翼，才能厚薄均勻。接著，放進木模裡用手擠壓成形，再敲在工作台上，左右各一下，讓餅脫出模子，才能進爐。

這些專業步驟多由師傅和爸爸操作，我們小孩子負責最後的，也是最繁瑣的包裝工作。那時沒有自黏的包裝袋，完全靠手工，將月餅包入有色的四方花紋玻璃紙中，而黏貼的材料是漿糊。

一簸一簸的月餅，裡面都有一小片厚紙板，寫上品項名稱，例如：白豆沙、烏豆沙、烏豆沙蛋黃、葡萄乾、桂圓、滷肉、蓮蓉、五仁、香腸……。我們得先去倉庫搬出玻璃紙和相對應的標仔，來搭配包裝。標仔是圓形的彩色圖案紙，上面寫有月餅的品項名稱，大小正好是廣式月餅的上底。

包裝是講求技巧的。首先將玻璃紙攤平，將標仔的彩色面覆蓋在中心的透明圓圈上，再把月餅倒過來放上去，依序將玻璃紙四方的直角，黏在月餅的底部，即告完成。要注意，第一次壓進來的直角不能沾漿糊，過程中也要小心翼翼，不能使月餅沾染漿糊，否則隔天就要發霉。

廣式月餅的需求量很大，至少五千個以上，以致於大家都專心一意，奮力工作，忙到沒日沒夜的。有趣的是，每個人的身上都有一個地方腫得發皺，那就是用來沾取漿糊的食指。

那時節滿屋子都是烤麵皮和漿糊混雜的味道，耳朵充塞了外頭的戲臺喇叭聲、屋內師傅敲擊木模的「砰——砰——」，和一旁電視上演的連續劇對白，加上右食指潮濕發皺的隱隱不適，這樣特殊的感覺，真是一輩子難忘。

後來流行吃造型比較小巧的蛋黃酥，同時商人也發明了自黏的小包裝袋，只要把蛋黃酥放進去，膠帶處一撕，就包裝好了，外面只要貼上品項的貼紙就大功告成。

蛋黃酥的主角是鹹蛋黃，因此要買進大量的鹹蛋來處理。鹹蛋包藏在紅泥巴裡面，必須拿出來用水清洗，然後再打破蛋殼，捨棄蛋白部分，撈出蛋黃放在烤盤上。由於紅土顆粒粗，鹽分高，在清洗時雙手容易擦破皮，受到鹽分刺激而疼痛，非常辛苦。

不過，當一顆顆黃澄澄的鹹蛋黃擺在一起，噴上米酒，進烤箱微微燒烤時，那畫面彷彿一百顆夕陽聚在一起，有橙黃的、有橘紅的、有深紅的、有暗紅的，數大便是美，頗為壯觀豔麗。

購買月餅的客人非常多，許多是要裝成禮盒的，因此大人又非常忙碌。總算在中秋節的上午，月餅銷售得差不多了，大家終於可以喘口氣，休息一下，準備晚上來賞月了。

賞月時，吃月餅，搭配一泡烏龍茶，那真是甜蜜的享受。甜膩膩的豆餡一經茶水滋潤，霎時變成調和清水的彩色顏料，在舌頭各處渲染開來。砂糖的甜、麵皮的酥香、豆沙的綿密與豆香，分別在味蕾各處舞動，讓人欣賞它曼妙的舞姿。

除了月餅，柚子也是應景食物。麻豆文旦是經典，果肉細嫩多汁，味道香甜，最受大家喜愛。剖開柚子厚厚的外皮時，大人總愛割成一個大帽子形狀，給小孩戴上，逗大家一笑。

秋高氣爽，皎潔明月大而圓，大家一邊欣賞外頭的野臺戲，一邊吃著美食，真是人生一大樂事。

中學時，有一年中秋前，一家醬油公司在電視上主打「烤肉醬」的廣告，並且宣揚「一家烤肉萬家香」，於是開始有人在中秋夜裡烤肉來吃。確實，烤肉的香氣濃厚，濃煙飄散四周，使人們群起效尤。沒幾年，越來越多人在中秋節烤肉，各商家也樂得製作各類烤肉用品和食材來販賣，大發利市。

到現在，中秋節儼然成了烤肉節，大街小巷，處處白煙繚繞，焦香瀰漫。反而月餅的銷量大減，糕餅店清閒許多。

這現象可能是當初賣烤肉醬的醬油公司始料未及的吧！不過時代在演進，新的風俗取代舊的風俗，是很正常的事情。

現在的中秋節總使我懷念起，那能襯托明月的清新空氣；而滿屋子麵皮香和漿糊味混合的特殊記憶，畢竟已成為絕響了。

【二十四節氣】

寒露

深秋時節，
夜寒水氣凝結成露，
天氣更涼，
感覺寒意沁心
是為「寒露」。

【節氣俗諺】

九月颱，無人知。

農曆九月已不是颱風季節，大家防颱意識鬆懈了，因此如果有颱風，常會令人措手不及。這句話在提醒大家秋颱的可怕。

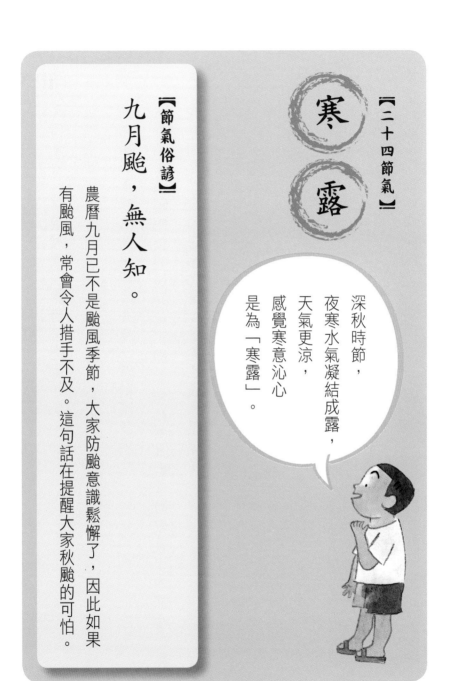

廟埕上的連臺好戲

我家馬路對面有棵大榕樹，樹下一座土地公廟，廟身有一棟透天厝那麼大，跟田頭田尾的那些小土地公廟比起來，規模宏偉。

中秋節的前兩天，水溝邊的空地上會出現一大堆的木板，我看見時會無比期待，因為那是搭建戲臺所用的材料。

每年的中秋節是土地公的生日，土地公廟的董事會會延請歌仔戲和布袋戲來演酬神戲。

還記得國小一、二年級，下午不用上課，中秋節前兩天我在家裡寫功課，一邊聞著後面糕餅工場飄來陣陣月餅的香氣，一邊等待外頭傳來的訊息。

「喂！喂！麥克試驗……一、二、三，麥克試驗……」

這聲音讓人好興奮，趕緊加快寫字的速度。

等到擴音喇叭響出八音和扮仙戲，我更是迫不及待的衝出屋子去看戲。

戲臺下已經聚來人潮，烤香腸的、賣燒酒螺的、賣醃漬芭樂的攤子，平常不見蹤影，這時全出動了。

這些戲臺幾乎占去馬路的寬度，因此路口架設起停止汽車進入的路障，讓大家安心看戲。有時還願的信眾多，布袋戲就多了好幾臺，互相「拚戲」，比比誰的臺前戲迷多，十幾個擴音喇叭一齊放送，真是喧鬧無比。

歌仔戲演出的戲碼很多，白天最吸引人的是王寶釧與薛平貴。每每演到王寶釧苦守寒窯，給婆婆吃稀飯，自己偷吃粗糠的時候，身旁的婆婆媽媽就感同身受，啜泣擦淚。晚上最有魅力的，就屬日判陽夜斷陰的包青天。演到烏盆鬼現身喊冤時，戲臺突然熄燈，然後閃爍青綠色的詭異光芒，讓人不寒而慄。

最有趣的倒不是戲劇本身，而是在吃飯時，看那些沒卸妝的歌仔戲演員，脫下了戲服，頂著滿頭花翠髮髻，盤腿吃飯。他們臉上紅紅綠綠的濃妝，眼皮上手指一般粗的黑眼線，搭配此時身上的白背心，灰短褲，真是突兀得好玩。

我們一群孩子常好奇的圍觀，對他們指指點點。那時沒人責怪我們，長大後，我才知道這樣是很沒禮貌的行為。

布袋戲也很精彩，大都是熱鬧的武打金光戲。有時是各路神仙打妖魔鬼怪，有時是孫臏鬥龐涓或三國演義的歷史戰爭，有時是自編自導的武林爭霸。每當雙方開戰時，不時傳出「磅——磅——」的音效，我跑去後場看，是有人拿鐵鎚在搥打火藥，模擬打鬥聲。那個主演的團主好厲害，無論出場的布偶是生、旦、淨、丑或是兒童，全由他一人出聲扮演，而且雙手並用，緊密的讓各個角色出場下場，掌控全局。看他專注的融入劇情中，聲嘶力竭，滿身大汗，叫人由衷的佩服。

小明明歌仔戲

那時候，我是布袋戲的超級粉絲，往往好戲一開演，我在戲臺前一蹲就好幾個小時，直到媽媽戳我肩膀，叫我回家吃飯。媽媽常對人說：「每次找不到阿弦仔，去布袋戲臺前找，一定有。」

還記得當時有一個布袋戲角色非常厲害，叫做「好厲害的紅螞蟻」，每次他一上場，所有的武林高手都聞風喪膽，慘遭消滅。我一直不知道這個人物的來歷，直到幾年前，新聞報導紅火蟻危害，造成田間農夫過敏和休克，讓防治單位傷透腦筋。原來一般農夫都知道，黑螞蟻不可怕，但千萬不要去惹紅螞蟻。我這才知道民間戲劇蘊含許多鄉土智慧，真的不能小看。

後來家家戶戶都有電視機，大家有得娛樂消遣，臺下看戲的人減少了。到了經濟起飛的年代，傳統的野臺戲漸漸無法滿足人們的要求，坊間開始流行電子琴花車，有年輕女孩穿著清涼，載歌載舞，而白天的布袋戲，到了晚上改播露天電影，都達到吸引人潮的效果。

到現在不止電視普及，網路更加發達，各種影視節目甚至電影，多如天上繁星，隨便人隨時下載享用，因此酬神的活動，不管是布袋戲、歌仔戲、露天電影，或是電子琴花車，來觀看的人都很稀少了。

不過廟方和演出的人應該都相信，最忠實的觀眾就是神明，神明就端坐在神桌上，面向著廟埕，不會跑掉。

既然是酬神戲，有神明欣賞著，我想它們永遠都會上演才對，怕只怕演出者後繼無人。如果真有那麼一天，沒人能夠上臺演戲，恐怕只得直接上網，下載片子給神明看了。

【二十四節氣】

霜降

太陽偏向南半球、天氣寒冷、開始露結為霜，稱「霜降」。

【節氣俗諺】

霜降豆，寒露麥。

霜降時最適宜種土豆（花生）等豆類植物。

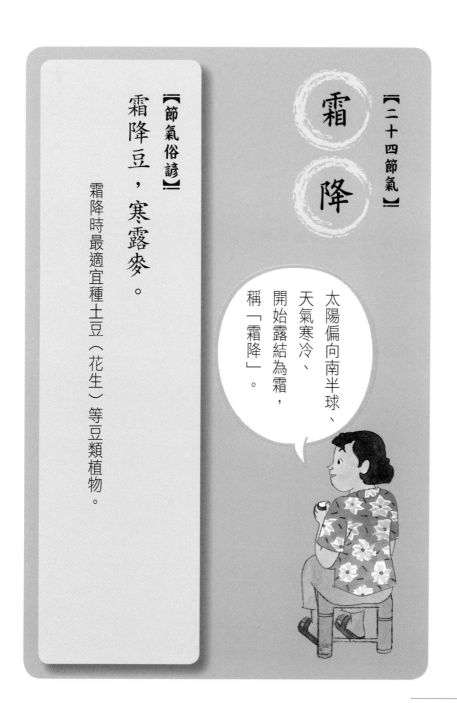

大餅音樂會

農曆七月是「鬼月」，沒人敢結婚，怕扯上「鬼新娘」的閒語，不吉利，因此完全沒有喜餅的訂單。七月一過，喜餅訂單才會出現，而且越接近年底，越是如雪片般飛來。

通常客人會訂幾百組散裝包，作為分贈親友之用。而最受歡迎的口味，就是一個半斤的滷肉餅，配一個同樣半斤的白豆沙餅。也有人訂製圓形的「狀元餅」，最小一斤，最大到三斤，裡面包滷肉、肉脯、鹹蛋黃、豆沙，甜甜鹹鹹的，非常好吃。

有的客人大手筆，訂做的是六個一組的盒裝餅，每個餅都做成長方形，好方便放進方紙盒裡，口味任選。口味很多，除了滷肉和白豆沙之外，還有烏豆沙、烏豆沙蛋黃、杏仁、五仁、冬瓜肉、蓮蓉等等。

每次有客人訂盒裝餅，師傅們會在白天把上千個餅都做好，我們孩子放學後，就開始摺紙盒。到了晚上大餅放涼後，大人早就累了，組裝的工作也是屬於我們孩子的。

要裝好幾百盒喜餅並不容易，若是每個人都捧著盒子，自己去拿六種餅，那勢必互相碰撞，天下大亂。最快的方式，就是學工廠裡的輸送帶，一人負責擺進一個口味的餅，組成一個生產線。如此分工合作，總是很快就完成了。

小時候我聽阿公說過一個「燒餅店懶老婆」的故事，非常誇張有趣。燒餅店老闆討了一個懶惰的老婆，每天茶來伸手，飯來張口。有一天，老闆必須出遠門，怕老婆餓死，就做出一個超級大燒餅，中間挖大洞，套在老婆的脖子上。沒想到，老闆辦完事回家，發現老婆竟然餓死在床上。原來老婆只咬了嘴巴前面的燒餅，連把餅轉個圈都懶。

我笑得抱著肚子。

阿公卻說：「世界上只有不好吃的餅，沒有懶得吃餅的人。」

阿公的話很有道理，只要用上乘的餅皮，包住豐富的餡料，誰也拒絕不了這種誘惑。

你大概從來沒想過，吃大餅時除了享受香甜的滋味之外，還能欣賞優美的音樂演奏吧！

那大餅包的若是酥油皮，一口咬下，隨即在舌庭上粉碎，那情形就好像千百張骨牌瞬間傾倒，響起脆亮的節拍聲。如果包的是糕皮，綿密的奶香又醇又濃，像是舞臺上熱情的拉丁男舞者，一入口便緊緊抱住嬌嫩的紅衣舌女，左跳跳，右搖搖，轉圈圈，戀戀捨不得離去的樣子。

前奏之後，緊接著便是內餡主角粉墨登場。滷肉Q脆有彈性，豆沙香滑柔軟，油蔥焦甜不膩，蝦米堅韌有嚼勁，蛋黃濃郁香酥，混拌在一塊兒，連番在舌頭上展現滋味，叫人大呼過癮。

不過，每個人感受不同，在這些基本的節奏之外，額外聽到的音樂旋律是不一樣的。

有一天忙碌完之後，爸爸泡上一壺烏龍茶，媽媽切好各式口味的大餅，全家圍坐在客廳，一同「吃餅配茶喝」。

這時媽媽吃著鳳梨酥餅，忽然心有所悟的說：「嗯！每次吃到鳳梨酥，就會想到南洋情歌。就好像有個彈吉他的歌手，頭戴寬大的草帽，面對海灘上的夕陽美景，為身邊的南海姑娘高歌一曲，真美。」

我問媽媽：「鳳梨和戀愛有什麼關係嗎？」

爸爸深情的望媽媽一眼，笑說：「鳳梨酸酸甜甜的，就像是戀愛的滋味呀！」

阿公吃著招牌的滷肉餅，喝上一口濃茶，說：「我跟你們年輕人不一樣，我還是喜歡傳統的滷肉餅。」

滷肉餅是我家的招牌大餅。綠豆沙綿綿密密，滷肉餡裡的豬肉末經過醬油浸煮，已經脫去油膩，濃縮成豐腴的精華；提味的油蔥因為炸成乾酥，所以有焦香，蝦米也泡過熱油，因此沒有腥味，但是鮮美中略含丁點的苦甘。這麼複雜又具有質感的口味，我也喜歡。

我問阿公：「那種感覺，也像是一首歌嗎？」

「這個……」阿公低頭想了一會兒，說：「那種感覺就像是在參加完一場熱鬧的喜酒之後，一個人離開會場，在涼涼的月夜下，走進一間大院子。院子裡空空冷冷的，令人忍不住發愁嘆氣。」

我點點頭說：「阿公，那麼滷肉餅像什麼歌？」

阿公這回不再思索：「不是一首歌，它像一首胡琴曲〈月夜〉。」

大家都心有所感的點頭認同，只有我楞在那兒。〈月夜〉是什麼曲子？應該是阿公常常在夜裡聽的那首胡琴曲吧！聽起來低沉迴盪，滿悲涼的。

爸爸說：「讓我來說一點快樂的。我最喜歡吃冬瓜肉餅，吃冬瓜肉餅的時候，我的腦子裡面就會傳來一陣笛子聲，描寫陽明山春天景色的〈陽明春曉〉。」

「怎麼說呢？」大家異口同聲問。

「因為冬瓜糖清涼爽口，肥豬肉又香又甜，吃進嘴裡，感覺像是一陣春雨過後山上翠綠的竹子淋了一身，空氣清新，混著泥土香和野花香，教人心情開闊舒爽。」爸爸深深吸一口氣，彷彿身在山林之中。

這時我看見阿嬤吃著蓮蓉餅，那是用蓮子肉取代豆沙做餡，製成的餅。我問她：「阿嬤，你呢？」

阿嬤說：「唉呀！我是不知道什麼曲子啦！可是每次吃到我最喜歡的蓮蓉餅，就會想到白河的蓮花。那一田田綠色的荷葉裡，有一朵朵嬌紅的蓮花，蜜蜂蝴蝶忙著採蜜，暖風吹來花香，吹動池塘邊的柳葉，也在池子上掀起水波，一陣又一陣。那種感覺就像是聽一首古箏曲子。」

「哇！好浪漫喔。」我雙手扶著臉頰，望著天花板。

「好了，別浪漫了，剩下你了。」媽媽對我說。

「我？」我一時慌了手腳，不知如何是好。

「等一下，先讓我喝一口茶。」我使出緩兵之計，慢慢的喝下一口香濃甘醇的烏龍茶，腦子卻是快速轉動。

忽然，我想起我剛剛吃最多的「伍仁餅」，急中生智，有了好點子。

伍仁餅是一種很香的餅，因為它的內餡是各種果仁混合而成。裡面有花生仁、芝麻仁、杏仁、瓜子仁、蝦仁和鹹蛋黃。

「咳……」我故作神秘，學大人說話的口氣說：「我最喜歡吃伍仁餅，因為吃起來香香脆脆，很有嚼勁。吃到花生和杏仁時『扣！扣！扣！考！考！考！』，像是敲打木魚和響板，吃到芝麻和鹹蛋黃時『沙！沙！沙！沙！沙！沙！』，好像搖著沙鈴。」

媽媽說：「所以你的伍仁餅音樂是……」

「敲擊樂。」我說。

「哈！哈！哈！」大家都點頭贊同，豎起大拇指。

我覺得好快樂，好光榮。真的，吃大餅時可以聽到音樂，那樂音聲聲傳入人心，印在心版上，叫人陶醉不已，就看你有沒有用心體會。

【二十四節氣】

立冬

【節氣俗諺】

補冬補嘴空。

一年勞累後，體力耗盡，因此台灣人的習俗，立冬日要進補，一般是吃麻油雞酒、燒酒雞、薑母鴨或者是四物仔、八珍、十全等。

相招來去逛夜市

最愛的小幸福，就是去逛逛每個禮拜舉行一次的夜市。

鄉下的馬路，除了主要幹道之外，平常到了晚上車子十分稀少，人們索性就在路邊擺攤位，把整條大馬路聚成一個熱鬧的市集。

「夜市」也有人稱為「商展」，顧名思義，吃的、穿的、日用品，各類商品五花八門，尤其小吃是大宗。下午五點不到，濃濃的白煙會在路旁一角騰空而起，燒烤的攤子率先登場，把需要長時間烘烤的玉米、雞翅、魷魚、米血等等，先預熱半熟，以免客人多時，等候太久。

不久，炙熱的燈泡一一點亮，連成串串火珍珠，賣唱片的攤子放送出流行歌，也奏出了夜市的序曲。人聲被歌聲淹沒，人們於是拉高嗓門，交頭接耳，叫賣聲此起彼落，處處充滿活力。

空氣裡開始混入七香八味，除了烤肉的焦炭味，還有蚵仔煎的鮮、鹽酥雞的香、滷味的醬燒味，還有一定少不了的，臭豆腐的古怪臭和泡菜酸，讓人垂涎三尺。好多人家晚餐也不煮了，直接上夜市打牙祭，每一樣買一點，每一種吃幾口，那些平日家裡少吃到的酸、香、甜、鹹、焦、辣、油的重口味，在此一次解禁，一次滿足。而等味蕾疲累之後，再來一杯泡泡冰或檸檬茶，沖淡了煩膩感，人也精神起來。

吃飽喝足，正好玩玩遊戲。丟沙包、套圈圈、打彈子、射氣球、撈金魚，跟老闆拚輸贏，幫自己找樂子，能不能得到獎品都不重要，只要高興就好。

吃喝玩樂之外，百元服飾、五元五金小百貨，都以低價吸引目光，叫人開心，生意也是「搶搶滾」。除此之外，商人腦筋動得快，跟隨潮流賣東西，有一陣子流行中國結綴飾，夜市就會跟進；還有幾年流行泡功夫茶，就會多好幾家紫砂壺和茶具的專門攤位；而錄音帶風行的年代，盜版的錄音帶猖獗，老闆肆無忌憚的把流行歌曲播得震天價響；而現在流行的，是手機吊飾、保護外殼。想瞭解台灣民間流行什麼東西，走一趟夜市就知道了。

飲食的內容也跟著時代演進，除了燒烤、蚵仔煎、滷味、臭豆腐等固定基本款，隨著速食炸雞店流行，也多了其他油炸的東西：比人臉還大的香雞排、三顆一串的花枝丸、炸魷魚，和跟棍子一樣粗的深海大魷魚腳。

由於競爭激烈，商家翻新創意，開發奇巧的新食品，例如：淋上起司醬的烤洋芋、免剝殼的懶人蝦、日本流行的章魚小丸子、韓國的辣炒年糕。

甚至原本在店家才吃得到餐廳料理也搬來夜市販售，像是：全套牛排餐；火鍋燒烤吃到飽；在小卷肚子裡填滿米飯，再去油炸的義大利海鮮小卷飯；將雞翅去骨，鑲進油飯再去燒烤的雞包翅；將麵團搓成長條捲在木棍上，放在火上烤出來的空心匈牙利煙囪捲。都用低廉的價錢，提供飯店級的享受。

冰品冷飲也在轉換，以前是搖搖冰、泡泡冰，接著盛行豌豆冰，上面加一球冰淇淋，後來被果汁攤的木瓜牛奶、西瓜牛奶、香蕉牛奶等取代。到最近，各類手搖茶：珍珠奶茶、波霸奶茶、翠玉檸檬茶、烏龍綠茶又引領風騷。總之，商人總能觀察市場的好惡，搶先開創新的商機。

一般的店面商家，都知道夜市開張這一夜，客人都會集中過去。既然門可羅雀，乾脆拉下鐵門，早早關店，或者也跟去玩耍一番。

每到夜市時間，或是跟家人出門，或是跟同學伴遊，大家遠離電視裡的男女情愛、刀光劍影、宮廷內鬥，那些遙遠而虛幻的故事，一同互相分享交流彼此所看到的，所吃到的，所摸到的真實物品，那種感覺很窩心，很幸福。

我有一位同學，從大學時代就在夜市擺攤賣茶壺，打工賺學費，每天晚上勤於在各夜市中流轉。他說最怕的就是遇到下雨天，無法做生意，尤其是梅雨季節，他幾乎沒有生意可做，只得乖乖在家讀書。

後來他加賣水晶玉石，從夜市又跨足玉市，慢慢存到大筆資金，最後買了店面，成立公司，又到中國大陸開設玉石工廠，將產品行銷全世界，累積到龐大的財富。

從夜市發跡，做到國際大老闆，大家可千萬不要小看台灣夜市所富藏

章魚燒
林
魯熟肉

的巨大潛力啊！

多年前，當我決定定居台中時，便選在最熱鬧的逢甲夜市旁，因為那裡是美食天堂，而且物美價廉。

每當工作疲累，或是心煩失意時，我都會就近去逛逛夜市。看聰明的老闆們又研發出新奇的美食，看勤奮的商人熱情吆喝，看人潮興致勃勃的朝店家邁進，耐心的排隊等候，開心的享受生活。

我的心便能受到激發，歡快起來，就像回到兒時。

【二十四節氣】

小雪

氣候寒冷，
中國大陸的黃河流域
逐漸下雪，
稱為「小雪」。

【節氣俗諺】

小雪小到。

這是漁民所指烏魚群來臨的量而言，此時烏魚進入台灣海峽，但量還不多，因此稱「小到」。

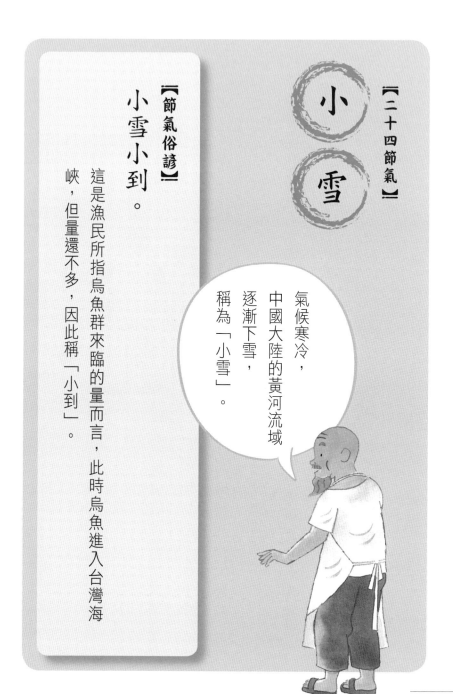

下元節說拜拜

一年當中，人們非常重視正月初九玉皇大帝的生日，俗稱「天公生」，大家在那一天的凌晨十二點擺香案來拜拜。不過民間也流傳著正月十五和十月十五拜天公的說法，其實那是把「三界公」跟「天公」混為一談了。雖然「三界公」的位階稍低於「天公」，不過也由此可以看出「三界公」地位的神聖了。

「三界公」是三位大帝的統稱，祂們分別是：天官大帝、地官大帝和水官大帝，分別掌管天、地、水三界，又稱「三官大帝」。天官大帝的生日在正月十五，是「上元節」；地官大帝生日是七月十五，「中元節」；

水官大帝生日在十月十五日，是「下元節」。對於這麼神聖的「大帝」，人們在祂們生日的時候，也都虔誠敬拜。

拜天公用的供品有紅龜粿、紅牽仔、紅圓仔和發粿，因此我們糕餅店在這些時節都非常忙碌。唯一例外的是「中元節」，人們準備非常豐盛的供品，來給地官大帝祝壽，並一起普渡被祂釋放出來的「好兄弟仔」，所以這一天不用紅龜粿等供品。

到了十月十五，水官大帝生日，家人為了製作這些糕粿，忙得不可開交，因為每家每戶，每項供品都要準備十二個。

這時節，農夫們收割第二期稻作，一年來農作物豐收，農忙後人們空閒下來，想到敬天謝神，開始有「謝平安」的活動。

一般都是在大廟裡舉行，準備各式供品放在神桌上。有的人在這一年賺了大錢，或是生病痊癒、考試順利、心願達成，為了感謝神明保佑，特別請糕餅店製作麵豬、麵羊、特大號的立體紅龜、或五秀（或五狩）糖塔、壽桃塔、壽麵塔，來拜謝神明。

有些東西平常很少在製作的，像糖塔和壽麵塔，實在挪不出時間來做了，爸爸只好打電話向專門供應的廠商叫貨。

客人實在太多了，訂的東西五花八門，五六個師傅忙得焦頭爛額。小孩子也加入生產的行列，一放學回來，就得放下書包，彎著腰給紅龜粿刷「紅番仔染」和亮晶晶的香油，然後拿塑膠袋把它們一一裝起來。這一站就是兩三個小時，叫人腰痠背痛，痲手鐵腿，兩眼無神。

有同學閒著沒事，打電話來說要借漫畫給我看。而家裡務農，平常總是被他爸爸叫去除草、巡田水的同學，前幾天還幫忙割稻、曬穀子，這會兒也來到我家門前晃蕩，想趁機找我出去玩。

這些都被大人擋回去了，害我內心不能平衡，暗自埋怨著。

有一次趁吃晚餐休息時，我發起牢騷：「人家同學都能出去玩，偏偏我就必須在家做苦工。」

媽媽說：「不工作，哪來的錢可以給你繳學費呢？」

爸爸哈哈笑說：「小小一個新港鎮就有很多大廟，供奉有不同的主神：媽祖、大道公、福德正神、女媧娘娘、姜太公、五府千歲、財神爺，這還不包括外面的村莊也都有自己的信仰中心。這些大廟都是我們家的大主顧啊！」

「學費又沒有很多錢，根本不需要賺這麼多。」我賭氣，翹起小嘴，瞪著地上。

阿公說：「這不只是賺錢的問題。你想想看，這些大廟都需要『謝平安』，需要供品，你叫他們怎麼辦？自己做嗎？有誰會做呢？」

看我不回答，阿公又說：「現在會做這些東西的人越來越少了，就算會做的，也很難為了幾個紅龜粿，花很多時間，很多精神去做。他們只要花一點點錢直接來跟我們買，輕輕鬆鬆就可以拜拜了，多好啊！」

阿嬤也說：「你信不信，如果有一天我們在年節時放假，幾百戶人家沒有辦法拜拜了。」

「沒辦法拜拜，就沒辦法感謝神明了。」媽媽說。「是不是對神明很沒有禮貌？」

「喔！」我聽懂了。「這麼說，我們糕餅店很重要，大家都需要我們賣東西給他們？」

「當然。」大人異口同聲說。

「不能沒有你。」媽媽指著我的鼻子。

爸爸還說：「別囉唆！趕快吃，吃完快去工作。」

後來，我在去拿刷子、套塑膠袋時，心裡就少了幾分牢騷，多了幾分驕傲。

【二十四節氣】

大雪

小雪過後，
中國大陸北方
天氣變得更冷，
大雪紛飛，
因此稱為「大雪」。

【節氣俗諺】

大雪大到。

由於氣溫降得很低，烏魚群大量洄游台灣海峽避寒，漁民開心捕撈。魚肉可以直接烹煮，烏魚卵可以鹽漬曬乾成烏魚子，滋味膏腴豐美，經濟價值很高。

用點心思來用點心

上課努力讀書，下課跑跑跳跳，傍晚放學後，小學生的我們早已飢腸轆轆，回到家，就到處找點心吃。

阿公和客人在糕餅店裡泡茶聊天，一旁擺了許多點心，有時是紅龜粿，有時是滷肉餅，還有草仔粿或九層炊。可惜看在我們孩子眼裡，這些東西雖然可口，卻顯得老派，比不得貨物架上，電視廣告常推銷的乖乖、蝦味先和孔雀捲心餅。

不過，堂而皇之的在店裡拿商品來吃，是沒禮貌的，所以我們回到家裡伺機而動。

工場裡剛烤好的大餅、麵包和蛋糕，趁熱拿來吃，大人是不會生氣的，因為小朋友正在發育，如果餓肚皮反而不利身體成長。不過媽媽有強力要求，三餐不能偏廢，否則禁絕一切零食。

我們吃點心時要留意只能七分飽，所以大餅沒包好而溢出開口的豆沙餡、伍仁餡，麵包裡爆漿的果醬、奶酥，還有蛋糕溢出來的巧克力麵糊，這些原本要刮除廢棄的「廚餘」，小巧不占腸胃空間，都成了最佳點心。尤其它們躺在烤盤上，活生生被烤得微焦，精華濃縮，滋味加倍香甜，那可是客人吃不到的人間美味。

看大人都在忙，我們偷偷躲在家裡的倉庫，拆開整箱的餅乾來吃。那裡被我們用空紙箱格成許多小空間，劃分區域範圍，看漫畫躺在那裡，寫功課也趴在那裡，學電視「五燈獎」玩唱歌比

賽的遊戲，也在那裡，成為吃喝玩樂的祕密基地。

什麼餅乾好吃？不需困惑，電視上卡通時段的廣告就會明白告訴你了。乖乖、蝦味先和孔雀捲心餅就不用說了，北海鱈魚香絲、孔雀香酥脆、可樂果蠶豆酥、喜年來蛋捲、真魷味……都非常好吃。

其中蝦味先酥酥脆脆的，又含有香濃的蝦子海鮮味，最受大家歡迎。

餅乾之外，姊姊們喜歡吃「鹹酸甜」，蜜李子、燻烏梅、辣橄欖……這些酸酸甜甜，甚至辣辣的「四秀仔」總是不離口，嚼得嘴唇、舌頭一片黑一片紅的。而我對糖果情有獨鍾，常到糕餅店繞著糖果櫃伺機而動。趁大人不注意，一顆糖果就會落入口中，藍色薄荷口味的、黃色酸甜橘子的、奶味濃厚的白脫糖、裹著巧克力的情人糖……每一味都不容錯過。

尤其有新鮮貨進店裡時，最是激發我的好奇，嚐鮮試吃都成為名正言順。記得有一回吃了一顆包含威士忌的酒糖，苦苦的怪味使我忍不住跑出門，吐在水溝裡，爸爸看見了，生氣的罵我浪費食物，小心雷公打。後來我才知道，古怪得叫人發窘的是來自橡木桶的味道，果然不合小朋友胃口。

鄉下外婆家的點心，別有一番滋味。

每次外婆見到我，都會給我兩塊錢，我會直奔店仔頭的簳仔店，一塊錢買兩顆金柑糖塞進嘴巴，另一塊錢玩抽抽樂。如果抽中了，就有一大塊香甜有韌勁的蜜番薯可吃，沒抽中也沒關係，老闆會給一根牙籤，叫你戳一小條蜜番薯安慰獎，解解饞。有時安慰獎用完了，就升起木炭小火爐，送一小塊魷魚乾，讓人烤香來吃。

最大眾化的點心，莫過於「王子麵」。先把它整包掐碎，倒入鹹鹹的椒鹽乾蔥調味包，然後使勁的搖勻，就成了點心聖品。咬起來香香脆脆的乾麵，誰有了它就成了眾人伸手的對象，變成最有人緣的人，不論在家裡和學校都一樣。

有一天，阿嬤巡視倉庫，氣得火冒三丈，直嚷著：「飼老鼠，咬布袋。進的貨還沒賣掉，就已經被偷吃光了。」沒錯，她指的正是前兩天中盤商才運來那一箱蝦味先。

三天後，工人們在倉庫裡釘上一整牆的鐵絲網，加上一把鎖，阻隔人嘴與點心，讓人看得到吃不到，望物興嘆。

「小孩子怎麼可以沒有零食吃呢？」姊姊私下抗議。

「可以不吃飯，」哥哥讚聲。「不能沒零食。」

「對呀！沒得吃，好想哭。」我濕了眼眶。

哥哥委屈的說：「再這樣下去，我們得動用零用錢，到外面去買零食來吃了。」

姊姊又義憤填膺的說：「身為糕餅店的小孩子，竟然淪落到沒東西吃，大人們不覺得丟臉嗎？」

「對呀！對呀！」大家慷慨贊同。

當然我們也只敢在大人背後偷講而已。

還好，苦日子很短暫，哥哥偷偷跟蹤觀察，很快就發現鑰匙藏在阿嬤衣櫃裡的小抽屜。接下來只要猜猜拳，就知道誰是那隻身負重任，該去偷貓鈴鐺的小老鼠了。

不過別怕，凡是有偷吃的人都要挨罵，而偷拿鑰匙的人並不會加重處罰，反倒是受到大家的感激呢！當然偷東西是錯的，偷吃也是不對的……

唉！沒辦法，民以食為天，為了「不吃不可」的點心，的確需要用點心思。

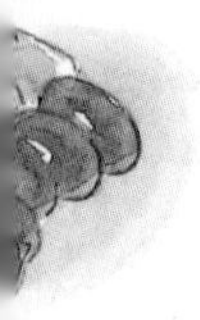

味先

【二十四節氣】

冬至

太陽直射南半球的南迴歸線，這一天白天最短，夜晚最長，是為「冬至」。

冬至圓仔呷落加一歲。

「冬至」到，在古代視同一年已過，故說吃過冬至湯圓即算添一歲。

冬至圓仔搓搓樂

圓仔？是木柵動物園裡的熊貓寶寶嗎？

當然不是，圓仔是糯米粉搓出來的，它很好吃，又香又軟又綿又黏。圓仔正是閩南語的「湯圓」。

小時候，大人常會蹲下來點點捏捏我的臉頰，笑著問：「你幾歲啦？」我都會數數手指，認真的回答：「三歲……五歲……」看著大人鄭重其事的表情，我那時候總覺得，「幾歲」是個好偉大的問題。

聽說在冬至吃到圓仔就可以長大一歲，這對當時很想長大的我而言，

具有強烈的吸引力。因此每到冬至，我便興致高昂的等著搓圓仔。

雖然家裡開糕餅店，糯米粉絲毫不缺，但是阿嬤堅持要買圓糯米回來磨，因為堅持古早味的她認為，這才是正宗「搓圓仔」的第一步驟。

先是爸爸扛一袋圓糯米，用機車載去豆漿店，央求老闆幫忙用磨豆機

磨成米漿。接著爸爸載姊姊和哥哥過去，因為一袋米換回來的是一大桶的米漿，這就得出動兩個人，辛苦的抬回家了。

米漿倒進密緻的棉布袋，放在浴室裡，用大石頭壓上去。過了好幾個小時，壓出許多水分，米漿就會成為雪白的「糯米粹」。

在我熱烈期待著要搓圓仔的時候，鼻子內會竄進濃濃的麻油香和米酒香，那是因為媽媽正在煮麻油雞，幫全家人冬至進補。媽媽一早已經殺了兩隻雞，用盛白米的盤子接住雞脖子流出的血，凝固後做好米血。等把雞肉斬分好之後，用麻油炒薑片，放入雞肉翻炒，最後加入米血和四罐米酒燉煮，成就這濃烈的冬至氣味。

可惜大人口中的美食，對我而言毫無魅力，只因我怕辣怕苦，不愛炒得有點苦又很辣的薑片，對嗆鼻的米酒更是敬而遠之。這期間，我只是不時往浴室跑，就是想看看「糯米粹」到底好了沒？我要趕緊來搓圓仔，因為它關乎我的年齡問題，可以瞬間幫我加大一歲啊！

晚餐過後，大人吃了麻油雞，得了幾分醉意，個個臉掛紅暈，眉開眼笑。我們小孩子則趕緊催促阿嬤，快快來搓圓仔。

全家十多人圍在大圓桌旁，由阿嬤捧來「糯米粹」，開始切分。三個大竹簸裡，各自放置一大塊米粹，每個人都挖來一些，揉著團團圓圓，像是冰天雪地裡捏著雪球。

阿嬤會切分一部分，在上面點些「紅番仔染」，揉勻成粉紅色，一邊還會說：「色素不要吃太多，意思意思就好。」

一群孩子早對這充滿喜氣的紅糯米團虎視眈眈，等阿嬤說聲「好了」，就搶來玩。有人直接搓成紅圓仔；有人白色的加紅的，搓成雙色圓；還有搓成長條，再紅白相間輕捲成麻花，分切小塊。還有人煞有介事的捏成骰子形狀，用另一色點上一到六的點數。

玩得正起勁時，圓仔卻已全部搓完，只因大家庭人多好辦事，卻叫人望著雪白的手掌唉聲搖頭，大嘆意猶未盡。

此時大灶裡熱水已經滾滾沸騰了，數百顆圓仔送下鍋，湯杓趕緊攪晃，以免黏鍋底，大夥兒拿碗筷抿嘴唇，眼巴巴望著。柴火再加把勁，紅紅白白的圓仔膨脹起來，在煙霧水花裡載浮載沉，阿嬤熄火，加進大把紅砂糖便大功告成。

盛一碗，吹熱氣，吃將起來，人人嘴巴都冒著白煙。清甜的米香，Q彈的口感，再配上一口甜湯，那是一年一度的幸福滋味。

我對紅色圓仔情有獨鍾，雖然滋味跟白色的毫無分別，但總認為它有一股額外的美麗與浪漫。但不管吃進什麼樣的圓仔，我都驕傲的實現了平日般般期盼的心願——耶！我又多了一歲。

為了取得「有餘」的好兆頭，製作圓仔故意超出份量，人人都洗碗後，鍋子裡還剩一大半，留待明天享用。

隔天清早，早餐的飯桶旁多了一鍋圓仔。這些回鍋加熱後的圓仔開始糊化，變成黏稠的「麻糬」，鍋底還有沉澱未及攪開而焦化的鍋巴，吃來又黏又甜又苦，另有一番滋味。

記得後來幾年，不知是不是孩子們都長大了，不愛吃圓仔，還是阿嬤算錯份量，做了太多，那一鍋圓仔，回鍋再回鍋，三天後竟然變成淺粉紅色的漿糊，而且發酸，最後只得變成廚餘，歸向餿水桶了。

隨著阿公阿嬤接連老去，孩子們也變成大人，大家做生意的忙賺錢，讀書的忙考試，到了冬至雖然也吃圓仔，卻都是媽媽和伯母直接用糯米粉摻水調和，好節省時間和體力。這搓圓仔的活動，耗時費力，大家都意興闌珊，也是她們聯手意思意思的搓一些來應景。而且個頭都比小時候的還大些，簡單一小鍋，一人分食兩三顆，冬至當晚一餐就清潔溜溜。

分家後，孩子也各自成家，人口單薄的現代家庭，冬至多買小包裝的圓仔來煮，而且很多是包餡料的。商人腦筋動得快，也很有創意，開發了好多內餡的口味供人選購，不管是芝麻、花生、紅豆、花豆、芋泥、鮮肉、奶油、抹茶，都比小時候的純米圓仔更有滋味，只可惜品嚐的時候，少了一大家子搓圓仔的樂趣。

而今步入中年的我，已懂得品嚐薑片的微苦辛辣，能夠欣賞麻油古樸的香醇，也貪好米酒裡頭醉人的酒香，在吃到湯圓的時候，卻反而有個和小時候完全相反的心願——

唉！如果吃了圓仔能年輕一歲，那該有多好啊！

不過，無論以前還是現在，當日頭徘徊空中的時間短得不能再短的那天，當外頭冷風呼呼吹起的時候，那一顆顆胖嘟嘟的圓仔，吞下肚都是甜蜜的溫暖和回憶。

【二十四節氣】

小寒

【節氣俗諺】

小寒大冷人馬安。

冬至後，天氣應寒冷，人畜才不會有災疫。

火鍋與好醬油

冬至過後，日頭淺短，北風嗚嗚吹起，冷得人拉緊衣領，繞起圍巾，樹搖旗飄，窗戶也震得格格發抖。

這時節好容易餓，但討厭吃冷涼的東西，冰箱裡的水果也不吸引人了，最好就是一鍋熱呼呼的火鍋湯，一口口直灌五臟六腑，把身子暖起來。

小時候家裡還沒流行吃火鍋，冬日裡的熱湯就屬麻油雞、燒酒雞最常見。有一年過年，住在台北的叔叔嬸嬸帶回一個傳統紅銅火鍋，說這樣才是真正的「圍爐」。那個火鍋中央聳起長長的煙筒，裡面要加木炭，外圍一圈容器，倒入雞湯後宛如護城河，讓人感到新奇有趣。

那時食品加工大廠尚未興起，菜市場能買到的火鍋料不多，大約就是家庭小工廠自製的貢丸、魚丸和燕餃。搭配豆皮、芋頭、泡發的香菇、葉菜、雞蛋，和自己切薄片的豬肉，我家的第一次火鍋體驗，讓人好期待。

叔叔說：「這些材料要邊煮邊吃，大家圍著火鍋，邊吃邊聊，這樣年夜飯可以慢慢吃，吃很久。」

「糟糕！忘了買沙茶醬。」嬸嬸說。「肉片燙熟了，需要沾醬。」

阿公說：「沒關係，沾醬油就很好吃了。」

媽媽到廚房拿來清醬油，倒在碗裡給大家用。

「其他料都可以煮久，就是肉片要快快燙一下，變色了就要拿起來，否則肉質變老變硬，就不好吃了。」嬸嬸夾起一塊生肉片，示範給大家看。

「像這樣，夾進熱湯裡，涮一涮，數一、二、三，拿起來，沾醬油。」

我依樣畫葫蘆，吃到了生平第一次的火鍋肉片。

嗯！有點燙口的香香、鹹鹹、甘甘，好美妙的感覺。

後來有人提議在醬油裡面加蔥花，又加蒜頭末，使得肉片又增添了許多口感和香味。不過，肉片獨沾清醬油的單純滋味，卻已深入我心。

上了國中之後，各地開始流行吃火鍋，鄉裡也有人開起火鍋專賣店，還搭配燒烤，變成火烤兩吃。湯底變多樣了，材料自取吃到飽，沾醬有沙茶醬和豆瓣醬，讓人吃到更多味道。

可惜的是，什麼都沾醬料，倒變成了醬料大餐，搶了食物真正的原味，讓人囫圇吞棗，只感到肚子越來越撐，舌頭卻越來越疲乏。

不妨放棄那些重口味的醬料，買一罐好醬油。試試蜻蜓點水般的，沾它一點點，體會好醬油的輔佐功力。

肥嫩誘人的紅燒蹄膀，綿密鬆軟的獅子頭，入口即化的東坡肉，都需要好醬油來滷製它。

彈牙爽口的白斬雞，腴瘦各半的蒜泥白肉，鮮甜微酸的握壽司，都需要好醬油來增添風味。

看似不起眼的醬油，不論是滲透到菜肉裡，或是混合蒜泥、山葵、薑絲作為沾醬，都是喚醒味蕾，振奮嗅覺的大功臣。它伴隨主角進到人們的口中，不搶主菜的風采，只提供必要的協助，它不需多，卻不能無。

而等到食物下嚥，主菜的光芒如流星在人們腦中驚喜過後，它的滋味卻同彗星的尾巴長留記憶的夜空，讓人回味再三。

好的醬油是由黑豆釀造的，醬油師傅們把黑豆和麴菌混合，然後與海鹽層層交疊，放入大陶缸中覆上蓋子，在太陽下日曝六個月以上。

在適當的溫度下，麴菌會慢慢的分解黑豆中的蛋白質，成為芳香的氨基酸，而海鹽也會漸漸溶解，將美味融合進來，待時機成熟，才成就琥珀光澤和香、鹹、甘的美妙滋味。

這一切不是大工廠的大工程，只需誠懇的等待，等待天然材料自然醞釀的時間——一千五百多萬秒，每一秒的分解與融合。

請向好醬油學習，在團體中不求當主角，而是期許成為襯托別人的好配角。樂於與人合作，成人之美，讓人親近，不搶鋒頭，卻不可或缺，叫人懷念。

而成為這樣的人，必先學那一甕陶缸的醞釀功夫，花時間讀書，修養自己，讓自己內涵飽滿，自信雍容，才能孕育出這份謙讓的心。

內醞是無法速成的。

幾天就速成的化學醬油充斥市面，它用色素著黑，香料添味，死鹹無回甘，含有毒性，傷害健康，當然不是好醬油。

火鍋季節又到了。

別忘了，好醬油的滋味，值得細細品味。

【二十四節氣】

大寒

【節氣俗諺】

新年頭，舊年尾。

農曆十二月底要大掃除、送神、做糕粿，到了除夕稱為「二九暝」。一個是開始，一個是結束，在這兩個重點時間，人們必須特別謹言慎行。

大掃除，迎「新」情

每到臘月下旬，大人就急急催促我們這群孩子：「趁假日大掃除，不然接下來忙著炊發粿，就來不及了。」「馬上要煮年菜了，儘早把灶腳清一清。」為的就是除舊佈新，掃除晦氣，迎接新的一年。

工場裡最要清洗的是上百個烤麵包、大餅的鐵盤、做蛋糕用的模具、盛紅龜粿的竹箴和謝籃，這些東西平常只要乾布擦拭，這會兒全得泡水刷洗。然而大寒天裡，連脫衣泡澡都讓人裹足不前了，何況要把雙手泡在冰冷冷的水裡呢！

這時媽媽會帶頭扭開水龍頭，倒洗潔劑，拿棕刷刷出泡沫。不一會兒那上頭黏附的焦塊、粉皮和油脂慢慢溶化，透明的水變成混濁的褐色，可知道累積的髒污有多可觀。

工作枱下覆蓋了層層飄下的麵粉、糖粉、泡打粉和糯米粉，平時掃不到，這時要騰空出來刷洗。那粉塵看似輕飄，吹彈即走，但一動了刷子才發現，它們彷彿深山老林中生根的地衣，不易撼動。

紗窗、鋁窗也要拆下淋洗，儲物櫃裡也要打開清理，順便檢查有無老鼠蟲蟻。平時在天花板和地板蹦跳追逐的老鼠們，這時無聲無息，似乎知道人們要直搗黃龍，早早躲到天涯海角避難去了。

工場之後，繼續清灶腳。

掃地、拖地都輕鬆，拆洗窗戶也不難，最棘手的是抽油煙機裡日積月累吸附的油垢。彷彿風扇、渦輪、金屬外殼都被人惡意塗滿強力膠，即使用清潔劑和刷子搞半天也難除去，而那鼻涕般的黏膩還污陷雙手，讓人咬牙切齒。

大功告成之後，大人把我們趕回房間，收復工場和灶腳，接管一切。隔天我們在炊發粿的白霧蒸氣，和灶腳飄出的年菜香中，清掃自己的房間。

相較之下，房間打理起來輕鬆許多。

先把垃圾和累贅的物品清出來丟棄，再拿出衣櫃裡厚重的冬衣，丟進洗衣機洗滌，也別忘了將平日穿髒了的布鞋都浸入漂白水，然後拿刷子奮力刷洗。

回到屋裡，順便把錄音帶放進唱機裡，大聲播放出來，聽著高凌風的最紅的動感歌曲，繼續奮戰。

「如果你是一隻火鳥，我一定是那火苗，把你燃燒，把你燃燒。如果你是一隻火鳥，我一定是那火苗，把你圍繞，把你圍繞……」

幾番將課本、參考書、漫畫和小說搬進搬出，擦去灰塵後，我和哥哥總愛把地板抹得晶亮，連床底也不放過。

「你就像那冬天裡的一把火，熊熊火焰溫暖了我的心窩，每次當你悄悄走近我身邊，火光照亮了我……」

勞碌了大半天，這時，手疼腰痠，身子熱呼呼，人卻疲累了，乾脆就學那窩藏的老鼠們，鑽進床底下打個盹。

耳邊迴響著赤焰般的歌曲，血液隨之狂潮澎湃，一點也不覺得地板冰冷了。

有一次，儲物櫃的厚紙箱裡發現了兩隻小鼠的白骨，阿公說：「難怪半年前常聞到臭味，怎麼找也找不到來源，原來是這兩隻死掉了。」

他們的骨骼泛黃，卻精緻小巧，想必是來不及長大即夭折，我不禁難過的說：「好可憐。」

爸爸說：「飼老鼠咬布袋，如果這兩隻活著，不知會生出幾百隻老鼠，來偷吃我們的東西呢？」

這時我又感到慶幸，心想環境變乾淨了，老鼠們應該也會想搬家吧！

我靈機一動，想把老鼠骨骼當作標本收藏起來，然後拿去學校向同學炫耀，但是在那之前，我應該讓它變得白皙才夠漂亮。於是我拿大碗公裝漂白水，把兩隻小鼠的骨頭全泡進去，然後去做別的事。沒想到，回頭拿免洗筷來撈時，卻完全不見骨頭蹤影。

我以為哥哥惡作劇偷走了，找他要他卻抵死不認，兩人吵起架來，罵得臉紅脖子粗。後來姊姊出面調解，她說：「我們國中化學有教過，漂白水是酸性的，會溶解骨頭的鈣質。我跟你保證，你那兩隻老鼠的骨頭，已經完全溶解在這一大碗漂白水裡面了。」

想到那是一碗「化骨屍水」，我嚇得吐舌頭，連忙將它沖進馬桶裡，才平息這場風波。

除夕前一天，換上新桌巾，牆壁貼上「大家恭喜」的新春聯、燙金的「春」字、「福」字，讓家裡處處金金紅紅，熱鬧繽紛。門邊也換貼新門聯，例如：「天增歲月人增壽，春滿乾坤福滿門。」、「人和家順百事興，富貴平安福滿堂。」、「門迎百福福星照，戶納千祥祥雲開。」讓人還沒進門，就能接受吉祥話的祝福。

每回大掃除之後，家裡頓時煥然一新，喜氣洋洋。之前刷洗時的辛苦都煙消雲散了，只感覺新的一年充滿了希望。

而且是好新，好新的希望。

【二十四節氣】

立春

【節氣俗諺】

立春落雨透清明

立春日若下雨，直到清明前都會多雨。人們喜歡春晴不喜春雨，尤其忌諱打雷。

天上人間共圍爐

每個孩子都愛過年，尤其是我。

小時候，我家的糕餅店位在菜市場裡，過年前市場人山人海，比現在的年貨大街還熱鬧。客人搶著買瓜子、糖果，還有炸米條裹糖粉的金棗糖、內藏花生的金光豆，和象徵「發」的發粿。

為了討吉利，發粿一定要「發」——也就是裂出開口，才能獲得客人青睞。因此麵糊倒入紅模紙之後，還得用鐵尺沾油，在上面交叉壓出個「十」字才行，非常費工。

那時家裡忙得不得了，爸爸和師傅忙著炊發粿，供不應求。只有趁夜裡，阿嬤才能趕快利用空閒的大灶來炊鹹粿。

這是重頭戲，鹹粿不但是過年期間的主食，口感有彈勁與否，還預示著來年的家運呢！

隨著外地的親人陸續回家，廚房擠進七、八個女人，有的殺雞殺鴨做米血，有的洗菜醃肉滾雞卷，有的煎魚滷肉炸香腸。工場和店裡也多了幫手，人多好辦事，阿公坐鎮在櫃臺前數鈔票，笑得合不攏嘴。我們十幾個小孩，穿梭在各個房間下棋玩牌，期待著除夕夜領紅包，笑嘻嘻的猜測壓歲錢會有多少。

除夕那天中午，阿嬤做「飯春」，手沾水抓白飯，在高腳紅酒杯裡捏成尖堆，插上三角小紅旗似的「春仔花」，布置在神明和神主牌兩旁。接著擺上「大吉大利」的膨柑，五顏六色的糖果、金棗糖、金光豆，神明桌頓時變成金金紅紅的喜慶天地，跟門前紅紙金字春聯相互輝映。

一個拜桌不夠用，大家搬折疊桌來拼湊。阿嬷在中間放上大大的鹹粿，鹹粿上疊甜粿，甜粿上疊發粿，說：「這是步步高升，一路發。」接著一聲令下，孩子們到廚房端菜上桌，六葷六素，加上鮮花水果，無比豐盛。再來是聚集全家人燒香拜拜，呼請神明和祖先們，在這除夕時節相招下凡來，跟親人共餐團圓。

年夜菜比這還要澎派，火鍋、煎粿、長年菜是必備的，象徵「年年有餘」的魚也不能少，還有俗稱「長年菜」的芥菜，也要放進火鍋煮來吃，而且不能切斷。

最重要的是好菜配好話，年節期間，不能罵人，不能打小孩，什麼都要吉祥如意。

注意！過年有好多禁忌：千萬不能說「死」字，也不要去打針、開刀、看病，免得整年都帶衰；事情做完了，不能說「做了（ㄌㄧㄠˋ）啊！」，因為「了（ㄌㄧㄠˋ）」也是賠錢的意思，要說「做好了」；不能拿剪刀動針線，因為那有「破壞」、「刺穿」的不祥含意；不能掃地，免得把福氣掃出門……

過年期間每天該做什麼？古人還編了一首歌謠，提醒大家：「初一早，初二早，初三睏佮飽，初四接神，初五隔開，初六挹肥，初七七元，初八完全，初九天公生，初十有喫食，十一請囝婿，十二查某囝轉來拜，十三食泔糜配芥菜，十四結燈棚，十五上元暝。」

那是古早農民奉行的規則，尤其「挹肥」，是把糞坑裡的水肥（屎尿）舀出來，一方面清空廁所，一方面倒在田土上施肥。小時候我有看過人家挹肥，後來家家戶戶都改成抽水馬桶，這就變成歷史名詞了。

吃完年夜飯，孩子們都害羞的躲在客廳門後，等著阿公發紅包。阿公手上拿了十幾個紅包，每個上頭都寫了人名。大家一聽到自己的名字出現，就趕快衝過去說句「恭喜發財」，然後接過來，笑瞇瞇的躲回房間數錢。

接著為守歲做準備，大人看電視，小孩玩紙牌。剛剛到手的壓歲錢已經被媽媽收走，說是要繳學費，還好媽媽給了十幾塊當交換，讓我玩起紙牌有些籌碼，可以小小的輸贏一番。

守歲一定要超過半夜十二點，那時就會聽到屋外有人放鞭炮，讓人感覺新年第一天的開始，真的喜氣洋洋。

小四那一年的除夕夜，大圓桌上擺了菜，我一時興起，轉起中間的小旋轉桌，看菜餚繞起圈圈真有趣。

我越玩越起勁，小圓桌轉得飛快，剎那間，蹄膀、香腸、鱸魚、白斬雞和四個大瓷盤，被強大的離心力拉走，「哐鏘哐鏘」摔碎一地。

我闖了大禍，嚇得嚎啕大哭。

婆婆媽媽聞聲趕來，唉唉慘叫，我等著挨罵，緊張不已。

只見媽媽咬著牙說：「哼！歲歲（碎碎）平安。」

伯母悶著氣說：「喔！新的不去，舊的不來。」

嬸嬸嘟著嘴安撫我：「過年不能哭啦！」

然而她們一邊收拾，眼睛卻張得像銅鈴，不停的回頭，惡狠狠的對我翻白眼。

托過年的福，我逃過一劫，連哭都免了。

有吃、有玩、有錢、免挨罵、不必哭。

你說，我能不愛過年嗎？

【二十四節氣】

雨水

立春之後東風解凍，
雪水融化，春回大地，
春雨綿綿，
稱為「雨水」。

【節氣俗諺】

雨水連綿是豐年，農夫不用力耕田。

「雨水」這一天如果下雨，預估年底會大豐收。

跟著媽祖去出巡

每年從大年初一開始，一直到農曆三月二十三，將近四個月的時間，是新港奉天宮的香客期。每天都有來自台灣各地的香客前來進香，大型旅遊巴士一台接一台停在公園旁的大停車場，數不清的大小貨車也載來各類陣頭，到廟埕上表演給媽祖欣賞。

元宵節當天，各地都有特殊的慶典活動：平溪放天燈、鹽水放蜂炮、台東炸寒單爺。而我們新港在這一天，是奉天宮媽祖一年一度繞境出巡的大日子。媽祖婆和宮內各殿主神都將離開奉天宮，乘上精雕細琢的神轎，繞行新港十八個庄頭巡視，因此每到這時，整個鄉鎮都沸騰起來。

我們家離媽祖廟不遠，遊行隊伍出發不久，很快就能看見大批人馬夾著鞭炮聲，揚起灰黑的煙硝，風塵僕僕而來。開路鼓、繡旗隊、鼓號角樂隊、後面是數十頂神轎，穿插各種陣頭表演，接續而來。

大家相信在這一天放鞭炮放得越多，來年會受到神明的祝福，招來財寶，大發利市。因此早在幾天前，爸爸已經打電話叫姈婆的香燭店送來十幾箱的排炮，存放在倉庫。

這時全家已經把排炮搬到騎樓下，六個一疊，四疊一木箱的組裝好。媽媽備好香案，爸爸手拿一炷兩尺的長香，等神轎靠到門前，就把木箱推進轎子底下點燃。

「劈里啪啦，劈里啪啦——」大家摀著耳朵，看蕈狀的灰雲騰起，雀躍不已。

神轎魚貫停在每戶人家前面接受炮火的洗禮，隊伍因此綿延好幾公里。抬轎的人戴帽子、包頭巾、覆口罩、穿長衣褲來保護身體，但很快的，衣物就被炸成馬蜂窩。有些小朋友，由於家裡人擲筊抽到爐主的關係，也得向學校請假來抬神轎，在大太陽底下走一天，真是非常辛苦。

鑼鼓陣喧天價響，加上南北管藝閣、電子琴花車、西洋樂隊，把空氣炒成穿腦的魔音，震得人暈頭轉向。不一會兒舞龍舞獅竄出來，活繃亂跳的花鼓陣也來搶鋒頭。

還有大隊人馬浮現半空，原來是西遊記和三國演義的高蹺隊，個個都穿著古裝，帶著兵器道具出場。踩著高蹺已經不簡單了，那騎赤兔馬的紅臉關公，居然還能連人帶馬翻跟斗，真是功夫了得。

接著舞刀弄槍的宋江陣出場，一百零八條好漢展現龐大武力，卻敵不過手拿腳鐐手銬，花臉獠牙的八家將，讓人望而生畏，敬而注目。老背少好逗趣，跑旱船和蚌殼精也很好玩。但最使我感到詭異和好奇的，卻是十二婆姐的陣頭。

她們一共十二個人，穿著長長的紅衣裙，打陽傘，揮絲巾，搖屁股，臉上戴著相同的面具，裝扮與動作完全相同，叫人分不出誰是誰。我對媽

媽說，那好像孫悟空遇到危險寡不敵眾時，就拔毛吹氣，變出數十個替身來幫忙打鬥。媽媽卻說，那十二婆姐是註生娘娘的部下，是幫忙照顧嬰兒，保護小孩長大的神，要尊敬看待。她們十二人好像十二胞胎，在那還沒出現複製羊的年代，如果世上真有十二胞胎，那是最奇特的天下奇聞了。

「嗚——嗚——」神祕的哨角聲響起，千里眼和順風耳的「大仙尪仔」排開人群，耀武揚威的出現了。千萬要當心，別被他們前後亂甩的大手砸到，否則頭上或下巴準會腫一大包。七爺八爺的大仙尪仔跟在後頭，四處找小孩分送鹹光餅，他們一個吐著長長的舌頭，一個頂著烏漆麻黑的臉，害流著口水的孩子們遲疑著不敢伸手。

我最期待的是個子三公尺高，象徵「風調雨順」的四大天王，他們拿著法器，穿戴將袍，長鬍子隨風飄揚，威風凜凜，給人無上的尊貴感。而除了這些巨人偭仔之外，還有跟真人一樣高的彩童偭仔，一個紅衣紮辮子，一個藍服綁沖天炮頭，搖著扇子互相追逐，而最有活力的是手執長戟和乾坤圈，滿場亂跑的哪吒三太子。

說起三太子，祂的神轎也最特別。其他神轎都像中規中矩的小屋子，有頂有門還開窗，三太子的神轎卻只有兩條長竹竿和一頂小椅凳。祂威風的站在椅凳上，任人抬著上下晃動，橫衝直撞，彷彿火山噴發，散發無窮旺盛的精力。

遮天的龍鳳繡旗、旋轉的華麗陽傘、威武的儀杖、七彩的戲服，都伴隨眼前川流不息的神轎，和上頭插的不斷增加數字的號碼旗，讓人眼花撩亂，目眩神迷。

四個小時過去，尾隨隊伍後面的進香客也散了，地上鞭炮屑淹腳目，空氣中還留有濃濃的煙硝味。有些鞭炮屑還著火燃燒著，得趕緊提水桶來澆熄，而清理這些鞭炮屑，總是要掃半天，用十幾個大布袋才能裝滿。

夜裡，爸爸帶孩子們到廟埕看「犁轎」。

那是神轎巡行完畢，要回到廟裡安座的儀式。神轎進廟並不簡單，每一頂神轎都要讓人扛著向前跑，又扛著向後退，像是農夫在犁田一般，在廟埕上三進三退，最後一進，才能衝進廟裡。這時鐘鼓齊鳴，高空煙火四射，掀起另一股熱潮，天上黑幕開出朵朵火傘，紅的、藍的、金的、銀的，目不暇給。而底下人山人海，萬頭攢動，個個仰天高聲驚嘆。

一直鬧到所有神明都進宮安座，回歸本位，關閉廟門，所有活動才告終止。

喧鬧過後，大家意猶未盡的慢慢散去，回到安靜的家。

躺在床上我想著，廟裡的神明總動員，在家家戶戶門前賜福，在鄉里斬妖除魔，真是了不起的大陣仗，一件雄偉的大工程。

想著想著，我的心裡就感到無比的平安和喜樂。一向膽小的我，在接下來的幾天，半夜上廁所，也不怕黑了。

歡慶元宵鬧花燈

如果說過年是孩子們一年當中最期待的日子，那麼元宵節（又叫上元節）應該就排第二名了，因為那時節有好多閃亮美麗的花燈可以觀賞。

小時候北港花燈名聞遐邇，那時家裡面有轎車的人家非常稀少，頂多就是一台偉士牌機車，如果全家一起出遠門，為了省下昂貴的計程車費，只有選擇公車一途。因此一到元宵，開往北港的公車總是擠成沙丁魚罐頭。

家鄉距離北港只要十分鐘車程，但每次我熱切的提出看花燈的請求，媽媽總是說：「別急，現在去看的人太多了，連公車都擠不上去。」

這是真的，每次經過公車站牌，總是看見幾十人在等車，而公車一停下來，人們爭先恐後的往上擠，最後總還是留下一堆擠不上的人，嘆著氣繼續等候。我只好每天留意著公車從家門前經過，看看裡面的人頭有沒有減少點，苦苦等候著。

總算挨到燈會結束前幾天，傍晚後，一家子一起去看花燈。

朝天宮裡面有各種紙糊的花燈，十二生肖、鯉魚躍龍門、八仙過海……等，都掛在廊簷下，透出晶瑩的光芒。然而最吸引人的，是位在市場大樓裡面的電動花燈，那是不透光的立體機械人形，穿上古裝，來回動作，像歌仔戲一般演出一台一台的好戲。

雖然離燈會結束只剩幾天，但市場內依舊萬頭攢動，家人互相說好，彼此用力的手牽手，以防走失。

一進到裡面，馬上光明大放，兩邊高高的舞臺上，有王祥臥冰求鯉、魏徵斬龍王、孫悟空大破盤絲洞，還有王寶釧抛繡球下嫁薛平貴、白蛇娘娘水淹金山寺、周瑜打黃蓋……各種忠孝節義的故事，而其中最精彩的是梁山伯與祝英台的哭墳。

只見花轎浩浩蕩蕩經過梁山伯的墓前，突然一聲巨雷，墳墓繃裂；祝英台從花轎中衝出來，一步步哭跪進入塚中，隨即墳墓閉合，一對美麗的蝴蝶騰空而起。觀眾驚喜感動，歡呼聲不絕，不到三十秒，祝英台在馬達與鏈條的牽引下，繞過布景後方重新進到花轎中，出嫁隊伍又開始吹奏嗩吶行進，重複搬演同樣的戲碼。

這一台電動花燈前面人潮非常擁擠，大家都一看再看，不忍離去。

那時的國民黨政府強力推行反共愛國教育，因此有些舞台上演的是共匪窮兇惡極，魚肉大陸同胞的戲碼，四周裝飾著「反共抗俄，殺朱拔毛」

的標語。還有蔣經國總統下鄉，與民間友人同樂之類的政治宣傳。

有一年反共義士范園焱，駕著米格戰鬥機投奔自由，轟動全台。會場中也因應時事設置舞臺，模擬那一架飛機和他的人像花燈，一旁還有他所收到的報酬四千兩黃金模型，聽說相當於三千多萬台幣，引起大家興奮的熱烈討論。

又有一年，大會推出恐怖迷宮，引發我高度的興趣。

姊姊語帶神祕的說：「我同學說的，有小學生進去之後，就沒有出來，聽說被鬼抓走了。」

我聽了，全身起了雞皮疙瘩。

媽媽拍她肩膀：「不要故意嚇人。」

「是真的。」姊姊煞有其事的說。「而且失蹤的不只一個人。」

哥哥拎起拳頭，咬著牙，忿忿的說：「鬼如果敢來抓我，我就打死他。」

姊姊「吐嘈」他：「鬼本來就是死人，怎麼打得死？」

我一句話都不敢說，只有緊緊抓著媽媽的手，不停的抿著嘴唇。

就在踏進黑暗洞穴的第一步，看見身旁出現牛頭馬面瞪著我時，我就嚇哭了。可是後面人潮推擠，不停催促前面的人快點走，我們完全無法退出。我只好硬著頭皮，緊靠在媽媽身邊，亦步亦趨。

媽媽安慰我：「低頭，不要看就好了。」

好矛盾啊！我其實十分好奇，想看看妖魔鬼怪長什麼樣子，可是又非常害怕被抓走，只得用左手遮住眼睛，從指縫中偷瞄幾眼。

但敵不過好奇心驅使，我不時抬頭。我看到一個長髮女鬼從打開的門後面跳出來，伸長雙臂要掐人脖子。我又看到古井裡面冒出一個死人，全身鮮血。後來走上奈何橋，橋面軟趴趴的像海綿一樣，讓人雙腳陷入，跌跌撞撞，彷彿要跌進橋下的滾滾洪流，嚇得全場唉唉慘叫。

「哇……嗚……」我不停的大聲驚叫，一路哭到出口。

回程的公車上仍然十分擁擠，我們好不容易在關門前擠上公車。不多久，我突然感到有個魔鬼掐住我的脖子，害我呼吸困難。我尖聲哭叫：「啊！鬼——有鬼——嗚……」

一旁有個歐巴桑說：「這邊的人趕快退一點，擠到人家小孩了。」

原來是七歲的我個子小，站在鐵欄杆旁，壅塞的人群把我推擠到緊壓欄杆，一支橫列的扶手正好頂住我的脖子，害我無法呼吸。

車上的人知道後都哈哈大笑。

電動花燈流行了好久，可說是當時台灣花燈的代表作，但抵不過潮流的推進，與人們求新求變的想望，慢慢的，它們逐漸減少，終至寥寥幾台。

後來台北燈會辦得很盛大，每年元宵前，媒體大量報導當年生肖主燈的搭建進度，引發另一股熱潮，許多人時興到中正紀念堂看燈會。可惜我們遠在嘉義，如果搭車趕赴一趟燈火盛會，不但勞師動眾，又曠日廢時，因此只能在家看看電視，過過乾癮了。

還好，到了第一次政黨輪替之後，匯集眾多資源的台北燈會改為到各縣市輪流展出，並且更名為「台灣燈會」。又掀起另一股話題焦點，與賞燈的風潮。

不論到哪一個縣市，「台灣燈會」都是佔地廣闊，規模盛大。會場分隔成許多燈區，有傳統，有現代，增加許多台灣歷史文化的素材，和現代環境教育的題材，還有跳脫具體形象，前衛設計感十足的藝術燈區。逛完燈會，一旁還有各種小吃美食，有夜市遊樂攤販，好看、好吃、好玩，娛樂功能無與倫比。

不管是紙糊燈籠、電動花燈、十幾公尺高的ＬＥＤ主燈、或是強調造型前衛的現代藝術燈，都讓人感到繽紛歡樂，光明無限。我不禁要讚嘆，正月裡的夜生活真是好精彩。

感謝這些燈藝技師們，讓台灣亮起來，也帶給人們許多美妙的回憶。而過了元宵，歡樂的新年就正式結束了，大家收心，在工作與學業上繼續奮鬥。

既然春天來了，夏、秋、冬不久也會來報到，看來明年開春收紅包的日子，很快很快，又要到了……

文學館

大番薯的小綠芽：台灣月曆的故事

2020年12月二版　　定價：新臺幣320元

著　　者　鄭宗弦
繪　　者　陳維霖
叢書主編　黃惠鈴
編　　輯　張玟婷
校　　對　趙蓓芬
整體設計　李韻蒨

出版者　聯經出版事業股份有限公司
地址　新北市汐止區大同路一段369號1樓
叢書主編電話　(02)86925588轉5313
台北聯經書房　台北市新生南路三段94號
電話　(02)23620308
台中分公司　台中市北區崇德路一段198號
暨門市電話　(04)22312023
郵政劃撥帳戶第0100559-3號
郵撥電話　(02)23620308
印刷者　文聯彩色製版印刷有限公司
總經銷　聯合發行股份有限公司
發行所　新北市新店區寶橋路235巷6弄6號2F
電話　(02)29178022

副總編輯　陳逸華
總編輯　涂豐恩
總經理　陳芝宇
社長　羅國俊
發行人　林載爵

行政院新聞局出版事業登記證局版臺業字第0130號

本書如有缺頁，破損，倒裝請寄回台北聯經書房更換。　ISBN 978-957-08-5673-6 (平裝)
聯經網址 http://www.linkingbooks.com.tw
電子信箱 e-mail:linking@udngroup.com

國家圖書館出版品預行編目資料

大番薯的小綠芽：台灣月曆的故事／鄭宗弦著．
陳維霖繪圖．二版．新北市．聯經．2020.12
248面；14.8×21公分．(文學館)
ISBN 978-957-08-5673-6（平裝）
[2020年12月二版]

863.596 109019895